不安な間奏曲

I

元号が昭和から平成に変わった年の二月四日、ススキノの中堅どころのキャバレー〈ニュータイガー〉のロビーは、予約なしでやってきたお客たちが壁際に並んだ待合用の椅子が見えないほどあふれていた。ホール入口でお客をボックス席に割り振る役目の赤羽浩一《あかばねこういち》支配人が、エレベーターから新手の客が出て来る度に満席だと説明して頭を下げていた。しかし、第一回のビッグショーも終わる時刻だから席が空くはずだ、と待つことに決めたお客が増えてゆく。

アンコールで十八番の演歌を歌う人気歌手の歌声に送られるように副支配人《サブ・マネージャー》の黒頭悠介《くろずゆうすけ》がホールから出てきた。引き締まった体を包んだ店の黒い制服はタキシード・スタイルだが、本物を着てくるお客もいるので失礼のないように微妙にデザインを変えてある。横一文字といった精悍な眉の下の切れ長の目がロビー内をちらりと見回し、黒頭は赤羽のそばに体を寄せた。

「支配人、稲荷会《いなりかい》と天道組《てんどうぐみ》のボックスがちょっと近すぎますね」と口調は何気なく言う。

「うん、席のやり繰りができなくてな。仕方ないだろ。何も起こらんようにするのが君の仕事だろうが」と目を剥くので黒頭は予期したように、

「日下《くさか》君には特に目配りさせてますよ」とホール担当主任の名前を出す。

「それより君、もうショーが終わってしまうぞ。君が予約を入れたお客さんはどうしたんだ？」

と赤羽が九時を過ぎている入口の上の時計に目を遣った。

「これからクラブへお迎えに行くところでした。ちょっとここを離れますから」と言って、黒頭は直通エレベーターで四階から一階に降りてビルの外に出た。

コートなしの体にはガツンとくるような寒気で、黒頭は鼻にちょっとしわを寄せた。二月だからとはいえ、この夜の札幌《さっぽろ》は異常な冷え込みで、ツルツルに凍った道路もあまりの低温にほとんど滑らずに歩ける。街を行き交う酔客は寒さで言葉少なだが、みな正月気分みたいな華やいだ表情だ。黒頭は別に急ぐでもなく、あたりを見回しながらススキノの中心部、西四丁目通に面した木村《きむら》ビルに向かった。キャバレーのあるタイガー・ビルと同様に木村商事が持つビルだ。

ビルの地下に下りて〈クラブ麗《れい》〉の通用口から入ると、狭い通路の向うから店内のざわめきが伝わってきて、どうやらここも満席のようだ。そこにいたボーイが挨拶して小走りにホールの方に行った後、呼ばれた店長の三森敦《みつもりあつし》がやって来た。元自衛官の三森は身長一七〇センチ余りの黒頭よりひと回り大きながっちりした体格で、髪は生真面目に刈り上げている。

「お疲れさんです。土曜なのに盛況ですね」と黒頭が声をかけると、

「ああ、そっちの店はどうだい、サブマネ」と余裕の笑顔だ。

「ほとんど空きがなくて、テーブルポーターの支配人もボックスのやり繰りに苦労してます。キャバレーはクラブと違って土曜もお客さんは入ってくれますが、月が改まってから急にね……」と黒頭も頬を緩める。

前の年の九月十九日の昭和天皇の吐血以来、歌舞音曲の自粛などと言われ、年末のススキノは忘年会も盛り上がらずに終わった。年が明けて八日から年号が変わったが今度は服喪とかで、め

でたさも控え目な新年会が続いていた。二月になって、やっとススキノは好景気らしい賑わいを取りもどしたが、二十四日には大葬の礼がある。この日は木村商事ではキャバレーもクラブも休業と決めていた。

「昨日は幹部会議だったそうですね。一月にやったばかりじゃないですか」と黒頭が訊いた。

木村商事では役員会とは別に各部の次長以上による幹部会議を随時開いている。

「うん、社長からちょっと知らせておくことがあるということでね。社員の意見も聴きたいのかな。うちの会社、もう一つビルが増えるかもしれないぞ」

「え、どこにですか」

「いや、それがまだ決まっていないんだ。道拓《どうたく》さんからビルを買わないか、と持ちかけられているらしい」

社長の木村満洲男《ますお》はもともと道都《どうと》信用金庫の出身だが、事業が広がるにつれ道拓と通称される北海道開拓銀行がメーンバンクになっていた。

「なんでも札幌駅前通の周辺に七つばかりの物件を示されて、まあ、どれか買えということなんだな。みな老舗のオーナーが持つ手ごろな大きさのビルのようだ」

「なんだ。飲食店ビルじゃなく、オフィスビルでしょう。うちとは商売が違いやしませんか」

「君の言う通りだ。ママなんかは、会社もこれから違った分野にじゃんじゃん発展しなきゃと乗り気のようだが」

「道拓はじゃんじゃん金を貸したいだけの話じゃないですか……」と切り捨てて「ところで矢部《やべ》さん、もうもらって行っていいですか」

「おう、いいとも。いつもうちを使ってくれて有り難う。浜の人はみんなよく飲むよな」

黒頭がホールに入ってゆくと、中央の大きなテーブルに陣取った黒いダブルのスーツ姿の男が黒頭を見て手をあげる。そばに和服のアケミがぴったりと寄り添い、テーブルにはやはりダークスーツにシルバーのタイを締めた男たちが三人、ホステスに囲まれていた。

矢部正明《まさあき》は稚内《わっかない》に沖合底引き漁船を持つ鵬幸《ほうこう》水産の社長だ。五年ほど前、矢部がススキノでぼったくりバーに連れ込まれて金を奪われたのを黒頭が助けたことから知り合った。漁業団体の漁政連の役員を務めていることもあって、ほとんど毎月札幌に出て来る。その度に必ずクラブ、キャバレーを使ってくれるようになったものだ。黒頭は〈クラブ麗〉ではずっと自分のお客で通してきたが、昨年夏、店に入ったアケミを矢部が気に入っていると分かると、アケミの引受けの客に譲ってしまっていた。

「社長、本日は当クラブにお運びいただいて誠に有り難うございます」と黒頭が頭を下げると、

「おう、サブマネ。いい車で送ってもらって恐縮だな」と矢部は日焼けの残る頬を崩して頷いた。船に乗ることはほとんどないので潮焼けではなくゴルフ焼けだ。五十歳にもう近い歳だが、白髪の見えない硬い髪をさっぱりと刈り上げている。

木村商事では、特別な客の送り迎えにベントレーをタイガー・ビルのガレージに待機させており、黒頭の指示でこの夜は漁政連の遅ればせの新年会を終えた矢部たちをホテル・グランド北海道まで迎えにやらせたのだ。クラブまでわずか十分ほどの距離だが、派手な制服・制帽の運転手付きだから、乗り降りに人目を引くのには十分で矢部たちの自尊心をくすぐったようだ。

黒頭は矢部の連れの男たちと名刺交換した。網走《あばしり》の二人、紋別《もんべつ》の一人といずれも矢部と同じ年代の同業者だが、網走の一人とは以前に矢部から紹介されていた。

「お迎えも来たことだし、そろそろ河岸《かし》を変えようや」と矢部が言う。紙入れを出して女たちに

一万円札でチップを握らせた。クロークからコートやヤッケが出され、矢部が黒びかりする革コートをアケミに着せてもらっていると、麗子《れいこ》ママが見送りに立ってきた。

「サブマネ、もう矢部ちゃんを私から奪ってゆくのかい」

「ママがさっぱり席についてくれないからよ。さあ、帰るぞ」と矢部が言った。

戸外の温度は低いが風がないので、黒頭もコートなしで平気な顔だ。矢部たちを案内してぶらぶらとタイガー・ビルまで歩いて行った。街頭にあふれる酔客を見回しながら、

「札幌は景気がいいなあ。うちの浜とは歩いてる人の顔つきが違うぞ」と矢部が言う。

「そう見えますか。でも、いろいろ様変わりしてますよ。老舗の〈キャバレー・アカネ〉も今月限りで閉店ですからね。稚内は不景気なんですか」

「不景気というわけじゃないが、またぞろ沖底の減船を突きつけられてんだ。今日も沖底部会で揉めてな。来年まで選挙はねえし、漁政連も政治家相手に動きようがない。サブマネも知ってるだろうが、沖底を一杯減らされただけで、市場から加工場まで浜の景気にピーンと響く。船一杯が獲って来る魚はバカにならねえもんだぞ」

「それで鵬幸水産はどうなるんです？」

「うちは三杯あるからな。三杯持ってる会社はうちだけになっちまった。今回は一杯減らさざるを得ないだろうよ」

「第一鵬幸丸ですね、一番古いやつ」

「そうなるだろな」

「でも減船補償って億単位のお金が入ってくるんでしょ」

「それはそうだが、今はとも補償と言ってな、減船を免れた稚内の同業者も金を出し合って補償

金を負担する。後ろ指を指される使い方はできないよ。まず第一の乗組員をどうするか、頭が痛い。網走の業者は補償金でマグロ船を二杯買って今のところうまくいってるようだが」

「二隻一度に買ったんですか」

「うん、その方が効率がいいそうだ。一隻じゃペイしない」

「沖底の乗組員をマグロ船には乗せられないでしょうね」

「当たり前だ。乗ってるのはみんな高知県の連中だ。しかし、土佐の女はえれえもんだな。亭主が南半球まで何カ月もマグロ獲りに行ってる間、浮気しねえで留守守ってるんだ。北海道の女ならどうだべな」

「北海道のかあちゃんだって、亭主が札束持って帰ってくるなら我慢して待ってると思いますよ」

タイガー・ビルのエレベーターの中で矢部が訊いた。

「今夜のショータイムは何をやってるんだね」

黒頭が男女の演歌歌手の歌謡ショーだというと、矢部たちは「それはいい時に来たな」と上機嫌で顔を見合わせた。

2

午後十時半の第二回のビッグショーを前に、ホールでは専属のコンボがムード歌謡を演奏していた。フロアに下りてホステス相手に踊っている客もいる。黒頭はホール担当主任の日下聡《さとし》と矢部たちを予約席に案内した。

「おい、まずシャンペン持って来てくれ。景気よくやろうや」と矢部が陽気にオーダーした後、黒頭は日下とホール入口の方に緩い傾斜を上ってもどって来た。

「サブマネ、先ほどレジに女の方から電話が入っていたそうですよ」

「誰だい？」

「それが名乗らなかったそうで。〈クラブ麗〉に行ったところだと教えたそうです」

「クラブの方には来てなかったな」と言いながら、黒頭は知ったお客たちに挨拶しながら行く。そしてホール入口に近いボックスに座っている客二人に頭を下げてから、

「いまの辻野《つじの》土木の社長と一緒にいるお客さんは誰だね」と歩きながら日下に訊いた。

「サブマネに知らせようと思っていたとこです。あれ、紙飛行機のフーさんですよ」

「あいつがそうか。なんでうちに来たんだ。やっこさんは〈キングダム〉が飛行場の縄張りのはずだぞ」

「ええ、それがどうも〈キングダム〉で敬遠されて来たらしいんです。あの店の女たちも慣れっこになって感激しないし、ほかの客は迷惑だと怒るし……」

本名を藤枝昇《ふじえだのぼる》というフーさんは、地上げに関係しているらしい不動産屋だ。四十過ぎのちょっと風采の上がらない男で、酒はあまり飲めないし、ホステスを口説こうという気もない。いつも大手キャバレー〈キングダム〉の二階席の前の方に陣取っていた。そしてショーの合間に、一万円札で紙飛行機を折っては次々に下のホールへ飛ばしてやるのを楽しみにしている。

最初のうちはホステスたちも席を立って右往左往して、黒服たちに抑えられていた。そのうちに自分のそばに落ちてくれれば拾い上げてテーブルに載せておく、というルールが決まってだれも関心を払わなくなった。お客も二階席を見上げて、店側に「何やらせているんだ。なんとかなら

んのか」と苦情を言うようになって、とうとうフーさんにやんわりと自粛を促したようだ。それで今度は〈ニュータイガー〉にやって来たらしい。

「サブマネが出てゆくのと入れ違いに来られたんですが、今のところおとなしくしてます」

「女たちにみっともない真似をさせるんじゃないぞ」

「ええ、周辺のボックスの指名ホステスには、紙飛行機が飛んできても騒がず、テーブルに置いておくように言ってあります。あとでまとめてチップのプールに繰り入れておくことにします」

「うん、それでいい」

黒頭はそのまま入口ロビーに立って、エレベーターから降りて来るお客を迎えていた。間もなくホール内の客席がざわめく気配がした。ホール担当の副主任が小走りにやって来て「サブマネ、フーさん、やり始めましたよ。二階席と違って遠くに飛ばないんで、焦ってます。バカみたい」と笑う。

それから十分余り、『中の島ブルース』のメロディーを切り裂くような男の怒鳴り声がホール内に響いた。黒頭は急いでホールに入った。中ほどのボックス席から立ち上がった男がこちらへ向かってくる。薄茶にチョコレート色の大きな格子模様を組んだジャケット姿の体格のいい男だ。髪はほとんど坊主頭で、大きな耳が赤く充血して膨らんでいる。店によく顔を見せる暴力団組員の一人だ。手に一万円札を細長い三角形に折った紙飛行機をつまんで、フーさんの席に押しかけてきた。

この夜、フーさんはこれまでと勝手が違っていた。〈キングダム〉の二階なら高さがあるので、出来の悪い紙飛行機でも遠くまで滑空してくれた。しかし、この店の一階だけの客席ではほとんど飛ばず、いたずらにボックス席の間に落ちるだけだ。遠くまで飛ばそうと思い切り投げた一つが、携帯電話で話していたこの組員の後頭部にこつんと当たったのだ。

男はかたまった表情で座ったままでいるフーさんに紙飛行機を投げつけた。

「この野郎。藤枝というんだそうだな。てめえ、わざとにこんなもん俺にぶつけやがったな。俺を天道《てんどう》組と知ってのことか」

「どうもすみません。たまたまぶつかっただけで。でもお札ですから」とフーさんは言う。隣にいる辻野社長が酔いもさめた顔をしているのに、本人は悪びれた様子もない。

「お札だからだと？　たった一万円ぽっきりじゃねえか。今どきガキでも喜ばねえ。見ろ、女どもも見向きもしねえぞ。やるなら百万円束になったの投げてみろ。ここじゃほかのお客さんに迷惑だ。さ、表に出ろや。落とし前つけてもらおうじゃねえか」

フーさんの腕を摑みそうになった間に黒頭が割り込んだ。

「お客さん、ちょっとこちらへ……」と袖を引く。組員は黒頭を見ると頷いて、

「おう、お前か。落とし前、代わりになるってか」

黒頭はホールの入口の方に組員を連れて歩きながら「いやあ、お客さんはいいこと言ってくれた。みんなお客さんの言う通りだと思ってますよ」と言ってやる。

ホールを出ると組員は「おい、この始末どうしてくれるんだ」と睨みつけた。

「誠に申し訳ありません。あのお客さんにはもう二度とあんな真似はさせません」

「真似はさせませんって言ったたって、これは店の責任だろうが」

「その通りです。謝ります」

「だからどう謝るんだよ」と組員は両手をズボンのポケットに突っ込んで、大きな腹を黒頭にぐいぐいと押し付けてくる。ロビーにいる客たちの視線を意識して凄んでいるが、絶対に手は出さ

ない。組員も黒頭のことはよく知っている。高校時代にボクシングのフェザー級で全国に名を知られ、黒服になってからも街頭でボクサー崩れのやくざを右手の一発で沈めてしまったという伝説めいた話はまだ生きていた。それに木村の方針で、組員が少しでも暴力的な態度を見せただけですぐ警察に通報する。ステージにやくざが暴れ込んでも警察を呼ばない〈キングダム〉とは大違いで、やくざたちもこの店では普通の客以上に大人しく振る舞っている。

黒頭は心配してついて来た指名のホステスに「君、とびっきりのオードブルとシャンペンを差し上げてご機嫌を直してもらいなさい」と指示した。ホステスは二人に割って入って組員の胸にしがみつき「あんた、行こ、行こ。あんなバカ相手にしないで飲みなおそ」と組員をもとのボックスに引っ張って行った。

「おい、日下君。フーさんにはあんな真似するなら、入店をお断りするからとはっきり言ってやれ。辻野社長にも了解してもらうんだな」

「はい、きつく言っておきます」

「フーさん、しゃあしゃあとしていやがったな」

「あいつも地上げのやくざとつながってるんでしょ。タカくくってるんですよ」

「ところで、社長は社長室にいるかな」とステージの下手側の壁の方に目を遣りながら黒頭が訊くと、日下はにやにやして「部屋におられますよ。今の騒ぎは気づいてるはずです」

「そうか、しょうがねぇな。そいじゃ報告に行ってくるか」

四階ホールと五階の事務所の間のいわば中二階に、木村が営業時間内に詰めている第二の社長室があるのだ。黒頭が身軽に階段を駆け上がり、ノックして部屋に入ると、ヴェスト姿の木村はデスクに足を上げて寛いでいた。あたりにはパイプ煙草のバルカンソブラニーの香りが漂う。

ススキノの業界では、やり手の一人といわれる木村も今年五十三歳。仕事一筋の人間で、クラシック音楽を聴くのが唯一の趣味だ。将棋の駒を逆向きにしたような輪郭の顔で、白髪の目立ってきた髪の毛が緩いウエーヴを見せている。木村は金縁の眼鏡を光らせて目の前に立った黒頭を見上げて、

「呼ぼうと思っていた。ホールで揉めていたようだね」

「はい、お客様で一万円札を折って飛ばすのを趣味にしている方がおりまして」

「ああ、紙飛行機のフーさんだろ」

「ご存知でしたか」

「〈キングダム〉の専務から聞いたことがある。困ったものだ、とあまり困らん顔で言っていた」

「ええ、しかし、お客から苦情が出て本人にはやめるように話したようです。それで今夜、初めてうちの店へ来てやってみたら、二階席がないのであまり飛ばず、やくざの頭に当たってしまった。それでちょっとしたトラブルになってしまいました」

「お客さんといえども、はた迷惑なことを黙っておくわけにはいかないぞ」

「はい、その辺のことはホール担当から話して二度とさせないようにします。これからはどこかよその店でやってもらいます」

「そうか。ま、そこに座れ」と言われて、黒頭はデスクの前のソファに腰を下ろした。

「実は昨日の幹部会議でみんなに披露したことだが、お前にも話しておく」と言いながら、木村は眼鏡をはずしてデスクパッドの上に置いたパイプを取り上げた。黒頭は木村が一度火の消えたパイプにマッチで指を焦がすばかりにして火を点け、煙を吐き出すのを見守った。

「この正月は天皇崩御で道拓さんには年始挨拶をしそびれてしまってな。一応訪問して名刺だけ

置いてきたが、会長にも頭取にも会えずじまいだった。その後、会長と話す機会があったのだがその時、近いうちに木田《きだ》常務に会ってみてくれと言われた。常務は今や道拓の実力者で、知っての通りママの古くからのお客だ……」

　木田勝美《かつみ》はかつてススキノ支店長を務めた頃からのクラブの客でその後、大阪支店長に転出するが、本店にもどってきたころから出世コースに乗ったようだ。麗子はキーさんと呼んで頼りにしており、その点では社長の木村よりも付き合いが深いはずだ。

「先週、呼ばれて常務に会ってきた。テーブルの上に札幌駅からススキノまで、四丁目の駅前通りの長い地図があってな。そこの七つのビルに印が付いていて、どのビルでも買ったらいいだろうという話だ。うちの会社の力は十分に認めているので融資するという」

「なんのために買うのですか。みなオフィスビルでしょう」

「まあ、そうだな。地下や一階に飲食店やブティックなんかを入れているがね。オーナーは札幌の老舗やら資産家で、上物の経営はもう意欲がないので土地ごと売っ払いたいとか、借地でビルを持っているが後継者がいないという人もいる」

「道拓がオーナーをそそのかして売り物件を作ったんじゃないですか」

　木村はくわえていたパイプをはずして苦笑いしている。

「うちは木村ビルの償還も終わったばかりで、せっかく身軽になったのに」と黒頭は心配した。

「うん、それは気にする必要はない。それと常務が言うにはだ、何も買ったビルを持ち続ける必要はない。三年たって売却すれば、大幅な値上がり益が見込める。それはその時お世話させていただこうじゃないか、と言う」

「うちの会社が不動産売買みたいなことをやることになりますね」

「不動産屋とは違う。今は経営資源をフルに生かして、会社に利益をもたらすのが経営者の義務みたいなもんだ。この店は毎月二億円ぐらい売り上げている。従業員みんなの働きのお蔭だが、役員がそれに甘んじてはいられない。そういう稼ぎの信用がうちの経営資源の一つで、今回のような話も転がり込んでくるわけだな。ビルの件、まだ決まったわけじゃない。社外の取締役の意見も聞いたうえでじっくり考えなきゃな」

と灰皿にパイプを打ちつけて、

「ところで、明日五日の日曜、下の〈くいだおれ小路〉のセレモニーに出てほしいんだ。年末にやるはずの池の賽銭の寄付に浅原《あさはら》が来ることになっている」

「えっ、浅原社長がわざわざ出席するんですか」

浅原公平《こうへい》は大阪を本拠地に〈七福亭《しちふくてい》〉という串揚げチェーンを展開している。ひと串なんでも七十円という串揚げの店をフランチャイズ制で各地に増やしているが、それを発展させて、串揚げだけでなく大阪の味を売る店を集約して並べた〈くいだおれ小路〉をあちこちに展開していた。もともと東北地方の出身だという浅原は、関西の食文化になじみの薄い東京以北への進出に熱心で、仙台の〈杜《もり》のくいだおれ小路〉に続いて三年ほど前の昭和六十年十月、タイガー・ビルの地下に〈北のくいだおれ小路〉をオープンさせた。地下にあった古い映画館が廃業し、あとのテナントに困っていた木村に浅原がフロア全体のリニューアルを引き受けて始まったものだ。

串揚げのほか、たこ焼、うどん、しゃぶしゃぶ、焼とり、寿司など関西ふうの店が幟を立て、大阪の街角を模して並んでいる。開業以来、昼間から賑わっており、夜の街のイメージを変えてくれたと評価されていた。中央には池が配置され、池の向うには七福神が祭られている。そのそばまでは行けないので客たちが池に賽銭を投げ込んだのが貯まって、その年の暮れには拾い上げた小銭に浅原がポケットマネーを足したものを福祉団体に寄付した。毎年、暮れになると福祉施設やボランティア団体を選んで寄付しているが、昨年の暮れは昭和天皇の病状もあって延期されていたものだ。

「開業の年は浅原が顔を見せたし第一回ということでテレビ局なんかも取材に来ていたが、あいつはそういう目立つことが大好きだ。せっかく来るんだからなんとか新聞で取り上げてもらえないかと考えた。誰かが知恵を付けたんだろうな、北海道新報の持つ福祉基金協会に三十万円以上寄託すると、社会面の下に一段の写真を載せて記事にしてくれるんだそうだ。賽銭の二万だか三万に私と浅原が足し前して三十万円にして贈呈することになった。浅原は明日札幌に来るんだが、黒頭という男はまだいるかと訊いていた。お前が気に入っているらしい。顔を見せろ」

「もちろん出席させていただきますが、浅原社長はそのためにわざわざ来るんですか」

「明日夜、接待せねばと思ったら、夜は道拓からお座敷がかかっているという。だから道拓がらみで来たんだろう」

〈北のくいだおれ小路〉は道拓の融資で実現したものだが、浅原は昭和五十八年にFFCと略称されるフェア・ファイナンス&コンサルタンツという金融会社を設立しており、会員となった中小企業に気前よく融資して喜ばれている。しかし、その資金は道拓の事実上の系列ノンバンクといわれるドルチェ・リースから流れていた。その額は一千億円、いや二千億円だと噂されていて、浅原は政治家からホテルのボーイまで、誰彼なしに気前よく金をばらまいて〝大阪のタニマチ〟と呼ばれている。黒頭も衆参同日選挙が夏に行われた年の昭和六十一年春、浅原の依頼で道内の政治資金団体に札束を配る手伝いをしたことがあった。黒頭は首をひねって、

「ドルチェ・リースからの資金導入というのはいつまで続くんでしょうね」

「道拓の続く限りだ。FFCはちゃんと利払いなんかやっているのかな。私にはどうもその辺の

勘定が分からんなあ……」

3

翌五日の昼近く、黒頭は〈モローチャ〉のカウンターで遅い朝食を摂っていた。札幌駅前通を狸小路《たぬきこうじ》商店街の北側から西に入ったビルの間に挟まれた小さな喫茶店だ。店の経営者の桂木《かつらぎ》慎吾《しんご》、万里子《まりこ》夫妻は、黒頭と同じように高校のボクシング選手だった一人息子を交通事故で亡くしている。その身代わりにでもなったかのように、黒頭は毎日のように店に顔を見せていた。

この朝は前夜にほかの黒服やホステスたちのカラオケに付き合って朝寝坊したせいで、黒頭もいつもの朝のトレーニングはお座なりにすました。スノトレと呼ぶスノー・トレーニング・シューズを履いて出たが、札幌ジムへは走ったり歩いたりして行った。日曜とあって、ジムは練習生でいっぱいだ。スキップロープを手に取ったが、スペースの余裕がないのですぐ中止して、ジムを主宰している元プロボクサーの三橋《みつはし》と雑談してマンションにもどってきた。

客が三人ほどしかいない店内にアルゼンチン・タンゴの古い曲が流れている。黒っぽいスリーピースを着て袖口に鈍く光るカフスボタンをのぞかせた黒頭は、二杯目のコーヒーを手に取るとマスターの桂木に話しかけた。

「この不動産景気というのはいつまで続くんでしょうね。ススキノも今やいい場所だと一坪一千万円をとうに超えて二千万円に近くなりましたよ。それでも東京に比べると安いもんだそうで、まとまった坪数があればすぐ買い手がみつかるそうです」

「大きな融資物件を取りたい銀行が買わせるんだよ。土地を売って儲かると最高で八割は税金に持って行かれる。しかし、一年以内に売った時より高い土地を買えば払わなくて済む。固定資産税は一％以下だから持っていて苦にはならない。だからどんどん買う、また地価は上がる、という悪循環だ。不動産の担保は絶対の信用だから、金を借りて株を買う。投資に関心のなかった連中も株を買うようになった。土地と連動したように株も上がってる」

黒頭は声を落として「実はうちの会社、道拓からこの駅前通りにビルを買わないかと持ちかけられてるそうですよ。三年たてばもっと高値で売れるとね」

「それはどうかな」と元商社マンでビジネスには一家言を持つ桂木は首を傾げた。

「限られた土地だから、上がる一方だと思っているようだが、事業に使うとなれば採算上限界というものがある。坂道を上るように値が上がっても、下がる時は坂道ではない。崖だ」

「暴落ですか」

「高度成長以後、二度三度と痛い目に遭った経験を忘れているんだよ」

「暴落のきっかけをつくるのはなんですか」

「さあ、予測がつかないが、経済とかマーケットとかに関係ない政治的な要因も考えられる。どんなにまじめに働いても、地価暴騰でマイホームは持てなくなった。みんな給料は悪くないから、余計なものに浪費したりする」

「うちの連中、いい車を持ってますよ。家は買えないけど」

「いまの地価暴騰は一九八五年のプラザ合意以後の大蔵省、日銀の責任だよ。どうやってこれを改めるか、金融政策で考えざるを得ないだろうな。三年後はどうなってるか分からないよ。今はみんなハッピーエンドのドラマの真っ最中みたいに思ってるが、案外この後、悲劇の二幕目があることを知らないでいる。だから今は幕間みたいなものだ。スペイン語でインテルメディオという」と、かつては商社の南米駐在を長く勤めた桂木らしい言い方をする。

「悲劇の前の幕間だと知らず陽気に踊っているというわけですか」

カウンターの端でかかってきた電話を取ったママの万里子が「悠さん、女の方から電話よ」と呼んだ。そばに行くと「比奈子《ひなこ》さんと言っている」と電話を手渡した。

「なんだ、どうした？」

「いま、そこに行っていい？　十分で着くわ」

「いいよ、まだしばらくいるから」と電話を切ったが、ちょっと首を傾げている。

九年前、比奈子は道北の町からキャバレーに応募してきた川田末子《かわだすえこ》という二十歳の野暮ったい娘として黒頭の前に現れた。当時は〈クラブ麗〉の黒服だった黒頭は彼女に比奈子という源氏名を与え、クラブに入れて一人前に育てようと面倒みた。比奈子はそれに応える以上の働きを見せ、五年後の昭和六十年には一棟のマンションに一時は三戸の部屋を確保するやり手のホステスに成長したのだった。

比奈子は事件にツキのある女だった。三戸のうちの一戸は男に連帯保証させてローンを組み、男から毎月貰う手当で償還していたのだが、六十年九月、賭博にのめり込んでいた男は妻と、妻に通じていた自分の会社の専務の二人に殺されてしまう。銀行から保証人の差し替えを求められた比奈子が頼ったのが、砂利採取で業績を伸ばしている平安《へいあん》興業の多門博《たもんひろし》会長だった。

一夜の情事をきっかけに、比奈子は多門が小粒のダイヤを並べて丸い輪の中に〝天〟という文字を入れた金のペンダントをつけていることを知る。天マルは関西発祥の全国組織、天道組の代紋だ。それを聞いた黒頭たちに企業舎弟とは縁を切るよう厳しく言われていたのだが、比奈子は切羽詰まって多門に泣きつき、またよりをもどしたのだった。比奈子はクラブの終業の後、シャンソンのレコードを専門にコレクションしていてシャンソン・ファンに聴かせているバー〈シュヴァリエ〉でバイトしていたが昨年五月、引退したそこのママから多門の援助で営業権を買い取り、自分の店を持ちたいという夢をかなえた。

〈モローチャ〉の入口のガラス格子に小柄な人影が映り、その〈シュヴァリエ〉のママ、比奈子が入って来た。ミンクのハーフコートを羽織り、帽子は被らず防寒のイヤーマフを付けている。

「こんにちは、お寒うございますね」とカウンターの中の二人に愛想よく挨拶する。黒頭は比奈子を奥の電話ボックスのそばのテーブルに案内した。

比奈子はコートを脱ぎ、腰を下ろしながらコートと色を合わせた毛皮のイヤーマフを外した。タートルネックの黒いセーターの胸に細いゴールドのチェーンが揺れている。色白の広い額の下の大きな目、小鼻がちょっと上を向いたところは生意気な小娘の感じで二十九歳には見えない。少し薄暗い店の奥で強く光って見える特徴のある目をあたりに走らせながら言う。

「私、この店へ入ったのは初めてよ。サブマネがいつも来ていることは知っていたけど、一度も連れてきてもらったことない。長いお付き合いなのに」

「うん、お前と昼間お茶を飲もうなんてことなかったからな」

比奈子はお冷を運んできた万里子にコーヒーを注文すると、かたわらの椅子に置いたハンドバッグからクールのパックを取り出して一本抜き、使い捨てライターで火を点けた。控え目な色のルージュを塗った唇からメントールの香りの煙を漂わせて、

「サブマネに真っ先にご報告に来たのよ。今日午前、うちの弁護士と一緒に銀行側とほぼ話を煮詰めてきたところ」

「そうか、落ち着くところに落ち着きそうなのか」

念願のママになった昨年は比奈子にとって最悪の年だった。多門の会社はマンションなどの建設ブームで業績がよかったが、いわば正業だから組に上納するアブク銭があふれるほどではない。多門の背後にいる天道組の幹部からは、総務課長として南雲竜馬《なぐもりようま》が派遣されて上納金に目を光らせていた。

多門は個人的に株に手を出して上納金を稼ごうとした。黒頭がよく知っているエスアール証券札幌支店の渡利谷《わたりや》支店長にお膳立てしてもらったポートフォリオは一昨年十月、米国のブラック・マンデーに続く東京市場の〝暗黒の火曜日〟で壊滅的な打撃を受けた。渡利谷はその直前に多門を東京での仕手戦に誘って儲けさせていたが、昨年春にはまた仕手株のうまい話があると多門を引き込んで株の損失の埋め合わせを図った。しかし、今回は渡利谷も多門も、最後に残ったオンボロ株を摑むカモにされただけに終わった。

天道組のファイナンス会社からの資金を仕手株に投じた多門は、返済できなければ命に係わる窮地に追い込まれた。一方、渡利谷も自分の担当する道内の大手法人の資金の一部を仕手戦に回した責任を問われて支店長を降ろされ、さらに自身のこうむった損失が及ばないようにと妻を離婚した。

多門は昨年六月に比奈子に求婚し、比奈子もそれに応じて戸籍上は夫婦となった。多門にとって自ら正業として起業した平安興業と従業員が何より大切で、それを比奈子に託そうとしたのだった。また、損失を補填しろと多門と南雲に脅迫される渡利谷も、妻と幼い一人息子を命に代えて守ろうとしていた。七月になって、渡利谷は小樽《おたる》マリーナに持つクルーザーで西の方の積丹《しやこたん》半島方面にクルージングするという名目で多門を誘って乗り込み、双方が洋上で話し合うことになった。それを聞いた黒頭が、ただごとではないと心当たりのある無人の湾に駆け付けると、渡利谷と多門を乗せたクルーザーは陽光の下で炎上していたのだった。

「それじゃ社長の考えた筋書に沿って運んでるんだな?」と黒頭が念を押したのは、一連の後始末に十一月から木村商事の木村満洲男社長が動いていたからだ。

二人の焼死事件で、平安興業と天道組の関係が明るみに出たが、それは社員がほとんど知らなかったことだった。しかし、公共工事からは締め出しを食い、民間向けの骨材納入も営業が厳しくなってきた。会社の弁護士の助言で十月には臨時株主総会が開かれ、多門の持株を受け継いだ比奈子が社長となった。比奈子は直ちに南雲課長を解雇したが、それは逆に企業舎弟未亡人の社長としての権力を目立たせる結果となった。そこで黒頭の陳情を受けた木村が平安興業を救済するため、メーンバンクの北海道開拓銀行との折衝に乗り出したのだ。

「ええ、社長の構想の方向に道拓さんも動いてくれるわ」と、比奈子はマニキュアを塗らない指で煙草を灰皿に押しつぶす。企業舎弟の女というレッテルを張られて以来、比奈子はススキノで目立たない振る舞いを心がけるようになっていた。

「まず多門が組のファイナンス会社から導入した資金だけど、担保なしの信用で現金のやり取りだから、お互いに書類は一切残っていない。二億円だという先方の言い分をうちの弁護士ものまざるを得なかったわ。でも、こちらの出した法定利子での返済の条件を認めさせた」

「連中も法律違反の高利で荒稼ぎして目立ってしまっては困る、騒がず返してくれればそれでいい、ということなんだろ」

「そう。そこでお金は私が組に返済するわけだけど、その原資の第一はまず社長の私の持っている株。道拓が間に入って道内の大手建設会社などに割り当てる。これはもうほとんど決まっているようだわ。それだけでは足りなくて多門のマンション、私が興和《こうわ》レジデンスに持つ二つのマンションも取られちゃう……」

比奈子は多門との情事がバレて、住んでいたマンションの一戸は男から取り上げられ、今は二戸だけになっていた。「つまり私は旭川から出てきた時と同じように、ちっちゃなアパートに逆もどりよ。でも、店の営業権は残してくれそう」

「それは何よりだ。今や〈シュヴァリエ〉はお前でなきゃ経営できないだろう。それで社長には誰がなるんだ」

比奈子は皮肉っぽく唇を歪めて「道拓から来るわ。六月の株主総会で」と言う。

「なるほど。平安興業は去年の事件がなけりゃ優良企業だ。社長はおいしいポストだろ。ところで、南雲竜馬は静岡《しずおか》の自分の組におとなしく帰ったようだが、その後何も嫌がらせなどないだろうな」

「組のファイナンスの件が問題なく片付けば付け込む口実はないはずだ、と弁護士の先生が言っている。南雲の親分は亡くなった四代目の舎弟分だったけど、分裂した一天会《いちてんかい》との抗争で負った傷の後遺症で車椅子の暮らしよ。もう何か企むほどの余力はないと思う」

「お前もはっきり見切ったものだな。それで木村社長にはお礼の挨拶に行ったか」

「いえ、これからよ。社長を引っぱり出してくれたサブマネにまずお礼に来たのよ」

4

午後一時半から〈北の食いだおれ小路〉で贈呈のセレモニーが始まるというので、黒頭がその十五分ほど前に木村商事の五階事務所に行ってみると、社長はもう地下に下りているという。黒頭はコートを脱いでエレベーターで下りていったんビルの外に出ると、別な入口から〈くいだおれ小路〉への階段を地下へ急いだ。

ランダムな配置で並ぶ店はいずれも客の入りがよく、日曜なので家族連れも目立っている。マイクで喋っている声が聞こえ、黒頭は地下フロアの中央の池のある方に足を運んだ。長さ一〇メートルほどのひょうたん型の池のくびれの向うの岩の上に、派手な色の七福神が小さな社《やしろ》に祭られている。そのくびれの手前に木村、浅原と福祉基金協会の代表らしい三人が並び、浅原がマイクを手にお賽銭をあげてくれたお客たちへの感謝を述べていた。絣の着物を着た入居している店の従業員らしい女性が、大げさな熨斗《のし》で飾った熨斗袋を盆に載せてわきに控えている。北海道新報のカメラマンが贈呈の瞬間を撮ろうと待ち構え、テレビのクルーも一組来ていた。

黒頭は少し離れて取り囲む数十人の関係者やお客に目を遣った。一度会ったことのある浅原の用心棒がいた。黒服に黒いシャツを着て、濃い色のサングラスをかけ、浅原のものらしいコートを腕に抱えていた。その陰にいたらしい女性が一歩下がって顔をのぞかせる。白瀬貴子《しらせたかこ》だった。

貴子はそこを離れて見物客の後ろに回って来た。黒頭も人込みの後ろに出て、二人はバッテラの店の軒先で出会い、池の方を向いて並んだ。貴子が囁く。

「昨夜電話したのよ。キャバレーにもクラブにも」と、何かが喉に引っかかっているような、しかし、それがセクシーな感じに聞こえる黒頭には懐かしい声だ。
「そうか、君だったのか。入れ違ってしまったね」
「昨日夕方着いて夕食の約束をひとつ果たしてから電話したんだけど、あなたが捉まらないから
やむを得ず、その後のお酒まで付き合ってしまった」
「君は相変わらず浅原んとこにいるんだね」と隣り合う貴子の姿に目を遣った。
彫りの深い顔立ちに長い栗色の髪、仕立てのよい黒いスーツの胸を白いブラウスが膨らませ、
短めのスカートから舞踏家のような美しい脚がのぞく。三十六歳になったはずだが、三年前に会っ
た時と少しも変わらない。その頃、貴子はFFCのシニア・コーディネイターという肩書を持っ
ていた。黒頭と二人で中島《なかじま》公園のそばのホテル中島パークビューのスイートルームに二億円の現
金を用意し、次々にやってくる道内の政治資金団体や後援会の代表十五人にホテルのケーキ屋の
紙袋に入れた札束を配っていた。
「あの後FFCを辞めたと思っていた」
「辞めたのよ」と貴子は言って、黒いバッグから名刺入れを出した。〝ミシガン・アセット・マネジ
メント　ファンド・マネージャー〟という肩書だ。
「自分のやりたい仕事ができたから辞めると言ってたな」
「そう、あの後の五月だけど投資顧問業法というのができて、日本でもファンド・ビジネスの位
置付けが少しはっきりしてやりやすくなったのよ。その年の秋に仲間四人で立ち上げた会社なの。
みなシカゴにある州立大学での留学生の先輩後輩で、アメリカのヘッジファンドで活躍していた
先輩を中心にやってるわ」
「ファンドというのは儲かるのか」

「好景気で黙っていても株が上がってくれるし、私たちでなきゃということじゃないからね。現に私のようなファンド・マネージャーが今回のように投資を促す営業に歩いているんですもの」

「そうすると今回札幌に来たのは浅原と関係ないのか」

「直接はね、浅原は例によってグランド北海道のスイートルームをフロアごと押さえて、今夜はそこに一人で泊まるんでしょうけど、私は昨夜中島パークビューに泊まって今夜、東京に帰るわ。明日の朝からまたディーリングの仕事が始まるから。でも今回の営業は浅原がらみの部分もあるのよ」

「浅原は道拓の関係で来たんじゃないか、と社長が言ってたけど」

「その通りよ。このセレモニーはそれがあったから急に設定したわけ。先ほど木村社長に紹介されたけど、浅原よりずっと紳士だわ」と人込みの向うの木村を透かして見て、

「ところで、時間があるならお茶でも飲まない？　あなたに教えてほしいこともあるし」

話しているうちにセレモニーが終わったらしく、集まっていた人たちがちりじりになろうとしている。黒頭は濃紺のスリーピースを着た浅原のところに挨拶に行った。服装だけでなく艶やかに光る髪、滑らかな肌の顔、マニキュアされた指の爪までと相変わらず全身に金を惜しまずにかけているようだ。浅原は軽く頷き、煙草をくわえて用心棒に火を点けてもらうと、

「元気でやっとるか、黒頭君。いつぞやは世話になったな」と歯切れよく話す。

「こちらこそ大変有り難うございました」と黒頭は最大限に頭を下げた。浅原に会うのは最初に知り合った昭和六十年十月以来のことだ。その時、浅原は札幌駅前のなんばデパートで、好きなものを買えと黒頭に百万円を使わせようとした。しかし、黒頭は地下の花売り場に行って浅原の名前で麗子ママの誕生会のために百万円の花籠を注文したのだった。

「うん、さっき木村社長に〈ニュータイガー〉か〈クラブ麗〉で遊びたいところだが、道拓がくっついて離れんのだ、とこぼしたところだよ」と用心棒のそばに待機している男二人に目を遣ると、二人はすかさず腰をかがめるように寄って来て「浅原様、そろそろ……」と声をかけた。用心棒が腕に掛けた駱駝色のカシミヤを広げる。もう一着腕にかかっている黒いコートは貴子のものだ。黒頭はそれを取って、貴子に着せてやった。菓子折を入れたらしい紙袋も貴子に渡す。貴子が浅原と話している間に黒頭は木村のそばに寄って、

「彼女がパークビューで浅原の金を配った時の相棒ですよ」と教えた。

「お前たちが話しているのを見て、俺もそうじゃないかと思っていたよ。いい女だな。黒頭、お前今夜は勤務休んでいいぞ」

「彼女は今夜の便で東京に帰ります」

「それは残念だった」

「それでお願いですが、うちの車で空港まで送らせてやって下さい」

「いいぞ。家に帰る前に事務所に上《うえ》がったら、総務にベントレーを出すように話しておく」

5

黒頭は貴子を木村ビルの一階にある喫茶店に案内した。家族連れもよく利用する明るい店だ。黒頭は貴子のコートを脱がせてやる。

「あなた、女性に気が付くし優しいけど、ついホステスをスカウトするのが仕事だからと思っちゃ

うわ」

「確かにその通りだけど、君に対しては別な気持ちだ」

「それは有り難う」と言ってウエイトレスに「紅茶をお願い」と注文する。「同じにしてくれ」と黒頭が言った。

「この一階も浅原の関係なの？」と貴子が店内を見回した。

「そうだ。最初は地下だけに店を展開していたが、今はこのフロアも経営しているよ。この奥には私は入ったことがないが、彼の直営の高級クラブがある。支配人は何人かいる浅原の秘書の一人で」と拳骨を額の上に打ち付けてみせて「このOBらしいが、浅原がこのクラブに入ると鍵をかけて、ほかのお客は入れない。なかで何をやってるものか、とうちの社長も笑っていた」

「浅原はよほど札幌が気に入っているのね」

「ところで君の旦那さんはやはり……」と黒頭が口ごもると、

「そう、黴菌《ばいきん》の男よ」と貴子が笑った。貴子とは留学時代に知り合って結婚し、大学で微生物の研究をしている貴子の夫のことを〝黴菌の男〟と黒頭が呼んだことがあるのだ。

前に会った時と同様、貴子は栗色の髪を触る左手の小指に、ピンキーリングとしては大きすぎるダイヤを付けていた。三年前の夜はその大きさが黒頭を落ち着かない気分にさせたものだが、今は昼間の電気のように場違いに光って見える。黒頭が訊いた。

「ヘッジファンドというのは、アメリカあたりでは盛んだけど、日本は商売としてはまだまだなんでしょう。そういえば一昨年のブラック・マンデーにからむ事件の時に聞いた話だが、向うのファンドの大物が日本市場の回復を信じないで日本株の売りに固執して大損したという」

「ジョージ・ソロスという人。彼は依然として私たちのあこがれの大物だわ。そうね、日本ではうちのファンドが草分けの何社かに入るのよ。日本はまだまだ規制が多すぎて、十分に力を発揮できないでいるわ。例えば海外では当たり前の年金基金がファンドで扱えないの。それが近いうちに解禁されると見て、営業に歩いているのよ。全国的な業界団体の年金基金の運用を握っている人だというので昨夜は接待した。訊いてみると、やはり運用は人任せで国内、海外の株式、債券という昔ながらの四つの資産に回しているだけ。そこでどうか不動産や未公開の株式といったオルタナティブ投資にも目を向けて、将来はヘッジファンドへの運用をご検討下さい、当ファンドではそちらの目指している目標指数《ベンチマーク》を大幅にクリアーしてみせます、と売り込んできたわ」

「彼らは基金を減らさなきゃいいのさ。積極的に増やそうなんて考えていないよ。ところで、君のところは四人でやってるのか」

「そんなことないわよ。私たちマネージャーを助けるアナリストたちが二十人はいる。証券を担当するアナリストは、個々の注目業種、企業の業績を分析し時には経営者にも会って株価を予測する。市場の需給やチャートの分析を担当するものもいる。それに不動産、為替や商品の先物など金融派生商品《デリバティブ》もあるからアナリストは社内だけじゃ足りなくて外部の助けも借りるわ。そうしたデータを総合して、私が預かった資金を投資家の期待するリターン、許容できるリスクを見ながらロングとショート、つまり買い持ちと売り持ちのポジションを組み合わせ、預かったお金を担保に借金し運用資金を二倍に増やして、という具合にポートフォリオを組み立てるの。私はいま自分で五本のファンドを持ってるわ」

「みんないくらぐらい投資するんだ」

「ああ、それは一億円が基本ね。一つのファンドは五十人以下。人数が増えると公募の投資信託と同じになってしまって情報公開とかいろいろ面倒になる……」

円筒形のガラスの紅茶ポットが運ばれてきた。貴子は二つのカップに紅茶を注いだ。自分はレモンを一度浮かせてからカップを口に運ぶ。黒頭も砂糖を入れずに啜った。

「それでファンド側の収入はどうなるんだ」

「報酬はほとんど相場というかルールが決まっている。管理報酬は預かった資産残高の一%か一・五%、成功報酬は増やした金額の二〇%とね」

「どのくらい増やせるんだい」

「相場の変動で黙っていても出る収益を上回るマネージャーの腕で稼ぐ収益をアルファと言うのよ。よくアルファは最低八%だと売り込むけど、うちは常に一〇%を目標にしているわ。結果として四〇、五〇%というケースだってある」

「預かった資金を減らすことだってあるんだろうさ」と黒頭が皮肉っぽく言うと、

「うん、本題に来たわね。今回私が札幌に来たわけがそれよ。私がFFCを辞めてこの世界に入った時、浅原がご祝儀で二億円預けてくれたわ。彼にしてみれば大した金額じゃないけど、スタートしたばかりの私には有り難かった。その後、ファンドに興味があって投資したいという人を紹介してくれて、一億円預かったわ。一年単位の運用で大きな利益を出して喜ばれたけど、二期目に損失が出てしまった。未公開企業の株を扱うプライベート・エクイティ投資というのがあって、創業間もないベンチャー企業に資金を提供するやり方をファンドに組み入れたの。この会社が成功して株を店頭公開してくれれば、何十倍にもなってもどってくる。が、ポシャってしまった。市場動向や創業者の資質も含めてアナリストの分析が甘かったのだけど、採用したのは私の責任だわ。するとこの投資家が大変怒ってしまってね。ほかの投資家だって心穏やかではないけど、リスク承知のファンドと納得して投資しているわけだし、一億円ぐらい損しても気にしない人もいる。で、この男、前の利益から私が受け取った二〇％を返してよこせ、とゴネてるのよ」

「そういうことはやらないのか」

「やらない。この男には東京で最初に一度会っただけ。ある有名な仕手集団につながっていると分かっただけで、どうも正体不明だわ。浅原に言わせると地についた商売はススキノの風俗だそう。風俗が地についたというのも浅原らしい言い方だわ。それであなた、新井孝行《あらいたかゆき》という人、聞いたことない？」

　紅茶のカップ越しに貴子の顔を見ていた黒頭がカップを置いて、

「ああ、顔見知りというか、知っているよ」と軽い口調で言う。

　貴子は目を輝かせて、二度三度とゆっくり頷いた。

「あら、知ってるのね。さすがァ……」

「ソープランドを何店か経営している。そのほかにヘルス関係のネットを仕切っているようだ。当然、こういう商売はどうしてもやくざと関わらざるを得ないが、私の知っている組がソープの縄張りに強くてね。その関係で顔は知っている。もちろん付き合いはないけど」

「なるほど。浅原もとんだお客さんを連れてきたものね。私は浅原に電話でさんざん苦情を言ってたのよ」

「しかし、新井は君のファンドに投資を始めた二、三年前には表舞台でスポットライトを浴びていた有名人だよ。ススキノに本社を置く株式会社薄野《すすきの》開発というのがある。片仮名でカイハツと書けばススキノで知らない人間は一人もいない。飲食店ビルを十棟以上、ホテルもそのくらい持っている企業だ。そこの古平鉄平《ふるひらてっぺい》という会長はいわばススキノ発展の功労者で、うちの社長なんか商売の上では私淑しているといっていいのかな。三年前、昭和六十一年のことだが、新井はカイハツの株の買占めに乗り出した。含み資産の大きい会社だし、もともと出回る株数が少ないところに目をつけたんだな。五百円ほどの株価が一、二年で二千円台に跳ね上がり、新井は会長を超えるシェアを買い集めたが、会長は話し合いにも応じない」と黒頭はひと息ついてから、

「さて、そうなると新井は焦ってくる。買占めた株を担保に金を借り、また株を買うということを繰り返していたから、時間がたつと金利負担がのしかかってくる。結局、新井が買い占めた株はすべてカイハツが買いもどした。その株は資金を面倒みた道拓はじめ、道内の有力企業が分け持つことになり、カイハツも安定株主を増やした」

「そうすると、新井はファンドに投資するといっても、それほど資金に余裕があったわけではないのね」

「と思うが、仕手集団につながっていると言ったね。今でも東京でやはり買占め案件に関わっているんじゃないかな。ススキノに近いところに、億ションといわれる高級マンションがあるが、彼はその最上階のワンフロアを占領して札幌の住まいにしているはずだ」

「そのマンションを三時半に訪問することになっているのよ」

「浅原は一緒に行かないのか」

「当初はそう思っていたわ。彼も道拓の関係で札幌に行くけど、ついでに新井の件をすっきりさせようや、という。そこで私もついでに年金基金へのセールスもできるしと、ディーリングの合間を縫って土日にやってきた。ところが、あとで教えるけど、彼は道拓の関係が深刻らしく行けない。さっき言うには新井には白瀬一人が行くからよろしくと連絡してある、というの」

「私が一緒に行っていいかな」

「あら、行ってくれる？　助かるわ」と貴子の顔が輝いた。

6

ワンフロアにマンションが四戸入るぐらいの広さだから、あまり大きな建物ではない。管理人に訊くと五階の新井の住居は専用のエレベーターで上がるのだという。貴子の名前を訊いた管理人が電話で連絡したうえ、二人をエレベーターまで案内してくれた。エレベーターは行先のボタンが五階のほかはない完全な専用だった。

五階で下りると、目の前に低い塀を回した和風の門がある。塀からのぞいていた松は中に入ると鉢を隠した植木だった。凝った造りの格子戸の玄関を眺め回した貴子は「これは宮大工の仕事みたい」という。黒頭は「マンションの中にこんなもん造ってどうするんだ」と言いながら、玄関のブザーを押した。格子戸が自動で開き、目の前の低い式台に若い美形の青年が立っていた。青年は貴子に連れがいることに意外な表情で、しかし、どこかで会ったというように黒頭の顔にちらちら目を遣って気にしている。

二人の足元に用意されたスリッパにフランスのブランド・マークがついていたのが前触れで、ドアの中に案内されるとそこは二〇〇平方メートルはありそうな近代的なリビングだ。黒頭も貴子も表とのギャップに狐につままれたように顔を見合わせた。

部屋の西側は柱を除くと全面がガラス張りだ。札幌の市街地の向うの低い山々がパノラマのように望まれる。奥の方に窓へ向いたバーカウンターがあり、部屋の中央にはゆったり寛げそうなリビングの家具が配置されていた。二人はドアのそばの応接スペースに導かれた。イタリア製らしい革張りのソファに二人は腰を落ち着けた。淡い色のジャケットに生成りのシャツを合わせ、首に薄紫のスカーフを巻いた青年は「少々お待ちください」と丁寧に頭を下げて奥に消えた。二人はまた顔を見合わせ、同時に肩をすくめる。

奥から新井が青年を従えて現れた。黒頭を見ながら誰だろう、とうかがうような物腰で近づき、貴子に歓迎の言葉をかけた後も分からないでいる。黒頭が「木村商事の黒頭です。白瀬さんがこの場所に不案内なようなので、お連れしました」と言ったので、新井も思い出したように頷いた。貴子が持って来た菓子折を差し出して座り直し「本日は浅原さんも来られる予定でしたが、よんどころない用事で……」と始めると、新井は訳知りの頷き方で「浅原さん、札幌でも大変忙しいね」と言いながらアームチェアに座った。

買占め騒ぎの頃、黒頭は新井を五十歳という年齢で覚えていた。白髪の交じる髪はリーゼントふうの髪型で固められている。頬骨の高い細面で、本人はにこやかに頬笑んでいるつもりのようだが、容易に人を信じない細く光る眼が二人を代わる代わる観察していた。紫がかった濃い紺のヴェルヴェットのジャケットを着て、襟元にエルメスの柄のスカーフを見せている。

「黒頭さんはキャバレーのお仕事と承知しておりましたが、白瀬さんとはどんなつながりなのでしょう」

「はい、白瀬さんが以前、浅原さんの下で働いていたことから知り合ったものです。ご存知のように木村商事は〈北のくいだおれ小路〉で浅原さんにはお世話になっております。今日も浅原さんとうちの木村が顔を合わせる行事がありまして、その場で白瀬さんにしばらくぶりにお会いして、ここへ来られることが分かったのです」と言ってから貴子に「私は席を外していた方がいいのかな。でもお話が終わったらホテルにお送りしますよ」

新井はほっとした顔で貴子に「我々はあちらに参りましょう」とリビングの中央のスペースを指した。一人取り残された黒頭に青年が雑誌を二冊持って来て、近くのドアの向うに消えた。雑誌は部厚いグラビアの男性服飾誌と会員制の情報誌だった。黒頭は服飾誌を手に取りぱらぱらとめくった。無意識のうちに新井と青年のジャケットの着こなしが載っているのかと探している。貴子と新井は穏やかな口調で話しているようだ。アフタヌーンという言葉がふさわしい高級マンションのひと時だ。どこかで微かに食器の触れ合う音がする。黒頭は耳を澄まして、あの青年とは別の人の気配を感じていた。しかし、どこの住まいにもあるはずの女っ気とは違う複数の男の気配だった。やがて青年がワゴンを滑らせながら現れ、まず貴子たちのいる場所に押して行った。それから黒頭のそばにやって来て、ジノリのフルーツ柄のコーヒーカップを配る。

ちょっと新井の声が高くなった。対する貴子の声と口調は変わらない。黒頭は顔を上げて二人をしばらく見守った。コーヒーに手をつけないことを青年が気にしているのを意識しながら、今度は情報誌を手に取り、消費税導入を決めた竹下登首相の故郷の噂話に読みふけってみせる。新井が片手をあげた。青年がすぐそばに急いで新井の指示を受けると、コーヒーを出してきたドアに消えた。今度はトレイにミネラル・ウオーターの瓶を載せて貴子に運んで行った。二人の話し合いは一時間近く続いた。やがて二人の笑い声が聞こえるようになった。

二人が立ち上がって来た。

「黒頭さん、お待たせしてしまったね」と新井が愛想よく声をかけてきた。

「お話はまとまりましたか」と訊くと貴子が、

「もちろんよ。私どものファンドの仕組みをお話しして、新井さんにはだれよりもヘッジファンドに詳しくなっていただいたわ。それに第三期で大幅に利益を出しても、第一期の実績を上回らない限り成功報酬《パフォーマンス・フィー》はいただきませんと約束したのよ。それで納得していただいたわ」と貴子が説明した。

「結局、引き続き風俗と取引するのか」とエレベーターの中で黒頭が言った。

「浅原の顔も立ててね。それに彼は現金で日銭が入ってくる商売よ」

「ちょっとやそっとで崩れないと見たわけか」

「お客さんは大事。あなた、さっきのコーヒー飲んだ？」

「いや、つい飲みそびれてね」

「そう。ちょっと訊くけど、彼は在日か何かじゃないの」

「ああ、そうだよ」

「論理と感情のミックスが独特で、違うなと感じたわ」

ビルの外に出て、黒頭が「君、帰りの便は何時なの」と訊いた。

「九時過ぎよ。まだ時間があるわ」

「空港にお送りしますよ」

「それは有り難う。少し早いけど夕食をご馳走させて。荷物をまだ置いてあるから、パークビュー
でもいいでしょ。私はあのレストランからの眺めが気に入っているのよ」

7

ホテル中島パークビューにタクシーを着けると、二人は「お帰りなさい」と迎えるベルボーイの

声に頷きながら、直通エスカレーターでレストランのある三階に上がった。中島公園を見下ろす窓際に席を取る。レストラン内はまだ閑散としていた。黒頭とお互いに顔見知りの主任がやってきた。

「私、お酒飲んでもいいでしょ?」と訊き、貴子は返事も待たずに「マーティニを持ってきて」と注文する。「ライムのペリエだ」と黒頭が言った。貴子は入れ違いにメニューを持ってやってきたボーイを見上げて「アラカルトでオーダーするから」と言う。

「君が欲しいものに付き合うよ。私に食い物の好き嫌いはないから」

「そうさせて。私はフレンチ、フレンチというのにあまり魅力を感じないのよ。ここの料理は好きなタイプだわ」

「ここの調理長は若い頃、スイスのホテルで修業してるからね」

貴子はマーティニのグラスを三口で空にすると、手をあげてボーイを呼び「同じものを頂戴」と注文した。

「相変わらず酒が強いな。君、まだ赤へネだ、クルボワジェだとがぶ飲みしているのかい」

「いやね。三年前とは違うわ。そんなにお酒ばかり飲んでいられない仕事なの。夜は明け方までニューヨーク市場が気になるし、朝早くにはシドニーが動き出すわ。明日の月曜も金曜日のニューヨークの手仕舞いの余波が東京市場にどう響くか予測してかからないとね。一日中、ディーリング・ブースに缶詰めの生活だわ。契約しているケータリングのランチが唯一の楽しみで、夜はしてやったりと高揚して帰るか、予測が外れた後悔で席を立てないか……」

「二〇%の報酬をもらうにはそれなりの苦労があるということか」

ふと思い出して貴子が、

「あなたのクラブの美人のママはどうしてる？」と訊く。

「麗子ママは相変わらずコニャックをそれこそがぶ飲みの毎日だよ」

「浅原がママを気に入っているのを知ってるでしょ？」

「ああ、知ってるよ。今ごろは浅原の旦那、道拓の接待を受けているところだな」

貴子はオードブルのフォークを置いてナフキンをちょっと唇に当ててから、

「実はね、明日月曜から道拓に大蔵省の検査が入るのよ。蔵検《くらけん》と呼ばれるやつで、金融機関には定期的に何年かに一度は検査局の検査があるんだけど、今回は突然の臨時検査。どこの銀行でも大蔵省の英語のイニシャルからつけたMOF《モフ》担《たん》というエリート職員がいて、ふだんから国の金融行政の動向をウオッチングしてる。そのための役人の接待も半端じゃないわ。道拓でも東京の支店に配置しているけど今回、MOF担は検査が入ることをキャッチできなかった。ご注進したのが浅原だったの」

「浅原のFFCには大蔵次官から議員に転じたのが顧問みたいになってるからな」

「顧問ならほかに検察庁や国税庁のOBも抱えているわ。大蔵省の現役の幹部にも、浅原はたんまりお金を使っているから情報が入ってくるのね」

貴子はグラスのワインを空けた。ボーイが来てクーラーに冷えているシャブリのボトルを取り、グラスに注いでいる。

「蔵検というのは検査官のチームが乗り込んで来て、二カ月も三カ月も居座るのよ。その結果、例えば顧客への貸出しを厳しく査定して不良債権だと決めつけたら、銀行は貸倒引当金を取り崩さざるを得ない、それが増えれば決算に響く。赤字決算になったら」と貴子はお手上げのジェスチュアをつくってみせる。

「今回の検査の狙いはなんだ」

「それが道拓の頭痛のタネなのよ。特に事実上の系列ノンバンク、ドルチェ・リースへの融資ね。ドルチェからさらにFFCに千億円単位の貸し込みがある。この問題に検査官がどのくらい踏み込んでくるものか」

「なにしろ浅原は相手かまわず封筒に札束を入れてばらまいていたからな。みなドルチェからの金なんだろ」

「そう、例えばFFCが不動産を担保に金を借りる。するとドルチェは頼まれもしないのに、担保価値の一二〇%もの金を貸すのよ。貸付実行の時点でそのくらい不動産は値上がりしていると見るのね。でも二〇%は浅原にとっては余りものだから、自分で仮払いの伝票にハンコを押してセカンドバッグに詰めて外出する。そこで政治家でもホステスでも知り合いにばったり会うと、すぐ金を渡す」

　二人はくすくすと笑い合った。

「浅原は今回、検査官にやんわりとにらみを利かせに来たのよ。ヤバいところに踏み込むと、省の先輩から政治家までご迷惑をこうむりますよ、とね。この後大阪に帰っても、道拓から泣きが入れば大蔵省に電話一本かけるだけ。道拓は頼りにしているわ。でも、私しか知らないことだけど、FFCからドルチェへの利払いが遅れ始めてる」

「千億単位で借りているといってたね。あり得ることだな。FFCの破綻はドルチェの破綻。でも、道拓のような都市銀行は破綻することがないんだろうね」

「とはいうけど、いずれ道拓の株価は下がってくると見てるわ。もし来年以降のファンドに道拓の株を組み込むとするなら、私はショートつまり空売りのポジションね」

「空売りって、株はどうするんだ」

「借り賃を払って借りておくのよ。貸す方は遊ばせておくよりずっといい。期日が来て、設定より株価が下がっていればその差額がファンドの儲けよ。ファンドはこの空売りができるから、下げ相場の時も大きな利益が出せるの。そうそう、あなたが言っていたファンドの大物のソロスだけど、彼は一九八七年のブラック・マンデーで日本株を空売りにかけてスタンダード・アンド・プアーズの先物を買っていた。逆に日本株を買い、アメリカ株を売っていればよかったのに、二日後に彼はSアンドPの先物をなお増やして傷口を広げたのよ。彼は日本の政治家や大蔵省が何をするか、あるいは何もしないかということを知らないし、大企業が株を持ち合っていて一社だけが狼狽して動くことがない日本の経済界も知らなかった。その読みの間違いね。でも、日本の土地、株式のブームが長く続かないと見ているソロスの考えは必ずしも間違いじゃないわ」

「今日、いつも行く喫茶店でマスターと話したんだ。かつては商社にいて外国生活が長かった人だが、今の不動産景気がまだ三年は続くだろうかと訊いたら、否定的だったね」

「三年のスパンは長すぎるわ。経済はグローバルなものよ。日本だけで生きているわけじゃない」

「うん、それで今はみんなにこにこハッピーでいるが、二幕目の悲劇が待っていることを知らずにいるのかもしれない。今は単なる幕間では、と言ってた」

「私も今の爛熟した状況はあと一年かなという気がしているわ。その人の言う幕間《インテルメディオ》という考えを意識してファンドを動かしていこうと思う。でもヘッジファンドというものは、常にリスクを織り込んで組み上げるものだから当然だけど」

　貴子はいつの間にかシャブリのボトルを一本空けていた。デミタスのコーヒーを啜っているところに主任がやって来た。

「お料理の方はいかがでしたでしょうか」

「あの鴨は北海道のものなの？」

「地元のジビエでございます」

「マルゴーも一本空けたかったけど、この人に仰天されると困るからよしておいたわ」

黒頭は苦笑して立ち上がり「電話借りるよ」と主任に言う。レジのそばの電話を取って木村商事にかけ「車を回してくれ」と頼んだ。

黒頭が貴子のボストンバッグを持ってホテルの玄関を出ると、待っていた運転手が走り寄ってきてそれを受け取った。肩にモールを載せた赤い上着、側章付きのズボンは緑色で、金縁のキャップを被っている。

「一度会社へ寄ってくれ」

貴子は大きな長方形のラジエター・グリルを覗いて見て「あら、ベントレーね。すごい」と言う。

「うん、VIPのお客の送迎に使っているんだ」

中島公園のそばを通って、明るい灯だけが暖かいススキノに入った。

「今日一日、いろんな勉強をさせてもらったよ」

「私こそいろいろ助けてもらったわ。新井のところまで付き合っていただいて有り難う」

「あいつには気をつけろ」

「分かっているわ」

タイガー・ビルの前に車が停まると「それじゃ、道中ご無事で」と黒頭が腰を浮かせた。

「あら、千歳まで送って下さらないの」

「キャバレーは日曜も休まないもんでね」と言いながらドアを開けて車を降りた。運転手が慌てて降りて来るのに「空港まで頼むぞ」と言う。貴子は黒頭がかつて褒めた魅力的な脚をたっぷり見せるようにして車を降りた。右手を差し出して「じゃあね、さよなら」と笑顔を見せた。

結局、二人は三年前に貴子が泊まったホテルで過ごした情事の夜のことを一言も口にしなかった。黒頭も今となっては、そんなことがあったのかな、という程度のものだ。

差し出された手を握って黒頭が「じゃあな」とひと言。貴子が乗り込んだドアを重い音を立てて閉めた。黒頭は走り出したベントレーに軽く手を振ったが、窓から貴子の顔は見えなかった。

8

二月十日十時過ぎ、黒頭は喫茶〈モローチャ〉でトーストとコーヒーのいつもの朝食をすませて、カウンターに積み上げた新聞を次々に読んでいた。そこへ電話をかけて来たのが、幼馴染の不動産屋、中西大地《なかにしだいち》だ。黒頭はストゥールを下りてカウンターの奥の電話を取った。

「お早う、なんだ」

「木村商事は南3条の花柳《はなやぎ》ビルを買うつもりなのか」

「なんだ、お前それどこから聞いた」

「山内《やまうち》という総務部長が下見に来ていたぞ。道拓に乗せられてビルなんか買わん方がいいと思うがね」

「お前いま会社か。これからそこへ行く」

「こっちまで来るより中間地点の〈サンローゼ〉で会おうや」

黒頭は千鳥格子のジャケットにバーバリー・コートを着て、札幌駅前通を南にススキノへ向かって歩いて行った。空はどんよりと曇り、風は頬を刺すようでまだ春の気配はない。自然と急ぎ足になり、十字街のそばのビルの地下にある喫茶店を目指す。

大地は〈サンローゼ〉のレジのそばに立って横幅のあり過ぎる体を収める席を物色していた。

黒頭はムートンの半コートで膨らんだ背中をポンと叩き、先に壁際のボックス席に行って座った。大地は二人分のシートを占領してコートを脱ぎ、ニット帽を取るとすぐハイライトを出してくわえ火を点けた。黒頭は煙を吐き出してひと息つくまで話しかけずに見守り、ウエイトレスに「ホット二つだ」と注文する。店内はモーニングセットの客が一段落し、三割ぐらいの入りだ。

「クロ、お前は何も聞いていないのか」

「いや、社長に道拓から話があった、とは聞いている。が、具体的なビルの名前などは聞いていないよ。なんでも木田常務がこの駅前通り周辺の地図で七つのビルを示して、金貸してやるからどれでも買ったらいいんでねぇがいという有り難いお話をしたそうだ」

「へっ、ろくでもねえ中古ビルばっかしよ」

「しかし、お前の言っていた花柳ビルは見た目は悪くないな。俺はあそこの地下にあるイタリアンの小さな店が気に入ってた。五階建てのビルの正面も殺風景な造りでなく、控えめな装飾なんか施して品は悪くないと思うが」

「持主の好みだったんだろうな。うちの親父が知っているが柳原《やなぎはら》とかいったな、もう八十歳を超えて経営に意欲がなくなってるようだ。築二十五年、微妙な年数だな。俺は中に入ったことあるが、お前が女を連れ込む店は知らねえな」

「たかが昼飯食うのに連れ込むはねえだろ」

「上の方の階まで全部見たわけじゃない。けど二階以上のテナントがパッとしないんだよな。何をやってるか分からない会社、団体やらだ。建物が古いままで家賃をずっと据え置いているから、黙って入居しているという感じだ」

「内部に手を入れないと、家賃を上げられない。というより、家賃を上げてテナントを整理してリニューアルするか。構造的にはどうかな」

「間仕切りにブロックを多用している感じだから、リニューアルは可能だな。しかし、そんな価値のあるビルでもないし、その周辺が陰気くさいのよ」

「ビルの値段をいくらと見る？」

「六億ぐらいのもんだろ。いや、今はバカみたいな値段がまかり通ってるからな。買ってそれにすぐ上積みして転売しちまう」

「その六億は建物と土地と分けていくらといくらなんだ」

「あの古いビル、値段はない。土地代も込みで考えるのさ。敷地は一〇〇坪ぐらいだろ」

「坪六百万円ということか」

「あそこは駅前通りから外れているからな」

「花柳ビルのほかはどんなビルなんだ」

「いや、聞いていない。花柳ビルはお宅の総務部長が調べていたというので分かったんだ。なんでも道拓は十一社に持ちかけていたらしいぞ。物件は七つだ、競争して買うと見たのかね」

「お前、それどこから聞いているんだ」

「カイハツの特に名を秘す幹部から聞いた」

「カイハツも買えと言われたのか」

「もちろんだ。株の買占めの時は道拓にお世話になってるからな。二％という破格の金利で買いもどしの資金を用意してくれた。有り難いお話だと謹んで承ってきたそうだ」

「そこでカイハツはどうするんだろう」

「へっ、買うわけがないだろ。あそこは必要があれば自分で見つけて買うよ。だいたいにして古平会長にとってはススキノという区域の発展が第一だ。駅前通りのオフィスビルなんて二の次だろうよ」

「十一社の中にはもちろん中西不動産は入っていないんだろな」と黒頭がからかう。

「へっ、もちろんお呼びでなしだ。うちはビルを買ってから相手を探してどこかに転売するような商売はしない。あくまで仲介がうちの仕事だ。親父は頑固だからな。うちのビルに飲食店のテナントを入れてるが、たまたま会社を置いてる自社ビルに空きがあるからで、カイハツのように専門に賃貸業をやるつもりもない。銀行はそれが不満でなんとか買わせようとする」

「親父さんはいまの不動産景気はいつまで続くと見ているんだ」

「東京の地価を全部合わせると、アメリカ全土が買えるなんて言ってるのを聞いて、もうそろそろ限界だな、と言ってるよ」

「三年もつかね」

「三年は長いな。何があるか分かんねえぞ」


十六日夜、黒頭は木村に呼ばれて営業中の社長室に上がって行った。ノックをして入ると、デスクに向かって帳簿を精査していた木村が顔を上げて、黒頭に顎で目の前に座るように指示した。

「今日、臨時の幹部会議でみんなに伝えたんだが、ビル買収の件、三条にある花柳ビルを買うことに決めた。あのビル、知ってるか」

「ええ、よく知っています。地下に飯食いに行ったりしますから。あまりデカくなくて、手ごろな大きさですね。値段はいくらなんですか」

「七億五千万円という値がついている」

「え、そんなにするんですか。六億ぐらいのものじゃないですか」

「今は不動産はみんな強気の商売だ。四、五年前なら考えられない値が付いておかしくない。もちろん値段の交渉はこれからだ。まあ、社内に異論もあったが買うことに決めた」

「麗子ママは積極的だったでしょう」

「木田常務から持ち込まれたからね。ママはうちもススキノから出て、オフィスビルに進出すべきだというんだ。そうなるとお前の言った不動産業になるが、ススキノに近いあの花柳ビルにはあまり乗り気でなかった。問題はうちの資金力だな。あのビル、お前はどう思う」

「あのビルの一角はススキノに隣接していながら、地味でくすんでしまっています。通りの向かい側はススキノのそばらしい華やかさがあるのに、あのビルの並びだけはみな二階建の古い商店ばかりですね。空地もあるし。あのビルが魅力的なテナントを獲得できれば、周りも変わって来ると思いますね。それでまたビル自体の価値も上がります」

　木村は微笑して頷いた。

「私も三年たったら売ればいいとは考えていない。木村商事があのビルでなんらかの商売ができないかと考えている」と言いながらパイプを取り上げ、バルカンソブラニーの缶を開けて煙草を詰めながら、

「ところで、いま道拓には六日から大蔵省の金融検査が入っているんだ」

「ええ、それは白瀬さんから教えてもらいました」

「うん、そうか。浅原社長は十二日日曜、大阪に引き揚げたが、その前に一緒に飯を食ったよ。臨時の検査が入るのを道拓に知らせたのは浅原だ。それで道拓ではいくらか対策を練る時間があったようで、浅原には頭があがらないな。検査局の検査官チームというのはみな若手職員だ。上級試験を受かって入省して十年もたっていないやつらで、分からないところはとことん銀行側に説明させる。銀行業務をよく理解したうえで手心を加えようなんて気も余裕もない、やたら威張るだけだ。そうして勉強させて金融行政のエリートを育てるんだろうな。それで浅原はこいつらに行内で会っていろいろ話している」

「検査官が外部の人間に会いますかね」

「それを聞いて私も驚いた。浅原の大蔵省への食い込みぶりのすごさだな。検査官とどういうやり取りをしたかは、訊いてみたがあいつもしゃべらなかったよ」

「検査で問題になるのは不良債権なんでしょう」

「うん、しかし、道拓が肩入れしている道内の大型プロジェクトは、例えばリゾート計画なんかでは土地という担保を押さえているし、この好景気を織り込んで事業計画も強気に組めるからあまり問題にならないだろうな」

「問題なのはドルチェへの資金流出と、そこからさらにFFCへの貸し込みですね」

「それをどこの段階まで検査官が追及できるか、あるいはする気があるかだな」

「検査の結果はどう出るんですか」

「いずれ示達書という問題点をずらりと並べたものが道拓に示され、道拓がそれに対してこのように改善いたしますと答えるんだ。まだ先の話だ」

翌十七日、黒頭は〈モローチャ〉から大地に電話した。

「おい、うちでやっぱ花柳ビル買うことになるようだぞ」

「へっ、ほんとか」

「うん、値段の交渉次第だけどな。七億五千万円だと言ってるそうだ」

「へっ、よせよせ、そんな高い買い物……」

「あのビルをもっと魅力ある建物にして、周辺がそれに刺激されて変わってゆけばという考えを社長も持っているようだ。景気のいい間にそれがやれればな」

「それはどうかな。あの辺はそれなりの歴史というか因縁があってな、面倒だぞ。買収が決まったら話すけど……」と大地には珍しく歯切れの悪い口調だった。

その夜、営業が終わって黒頭が一人で各主任から上げられた報告を読んでいると、総務部長の山内高広《たかひろ》がそばにやって来て「サブマネ、一緒に飯でも食うか」と声をかけた。黒頭が頷くと、経理の方に手をあげて「おい、それは私とサブマネに任せてくれ。みんな引き揚げていいよ」と言う。

木村商事では、毎晩三つの店から集まる売上げを硬貨だけ残して紙幣を道拓のススキノ支店の夜間金庫に預けている。毎夜のことで強盗に目をつけられる可能性もあるから、部厚いズックのバッグに詰めた現金を必ず男性社員二人がガードして運んで行っている。

黒頭はライナー付きのバーバリー・コートを着てずっしりと重いズックのバッグを肩に掛けると、厚いキルティング・コート姿の山内と並んでエレベーターを降りた。凍った歩道を渡って灯の暗くなりかけたススキノを近くの道拓支店に急いだ。冷え込みのきつさで、ふらふら歩いている酔客の数も少ない。支店のシャッターわきにある夜間金庫の投入口にバッグを収めると、山内はそこから遠くない行きつけの寿司屋に黒頭を連れて行った。

まだ客の残る明るいカウンターに二人は腰を落ち着けた。熱いお絞りで寒さにこわばった顔を拭いてひと息つく。山内が熱燗を頼み「サブマネは遠慮しないでどんどん食ってくれ」と促した。出された熱燗の徳利を黒頭が取ってぐい飲に注ごうとすると「いい、私が自分でやる。食うのに専念しろ」と言う。

山内はもともと木村と同じ道都信用金庫の職員で、木村の三年ほど後輩だった。木村が〈ニュータイガー〉をオープンさせた昭和四十九年に木村に呼ばれて会社に入った。手堅い仕事ぶりが木村の信用を得ている。

親仁と世間話をしていた山内が「昨日の幹部会議の話を聞いたか」と言い出した。

「ええ、昨夜、社長に呼ばれて聞きました。花柳ビルに決まったそうですね。私はあのビルが気に入ってましたが、わが社のビルになるんですかね」

「ほう、あのビルがいいのか」

「いや、あの地下にあるこじんまりとしたイタリアンの店が好きで、よく飯食いに女を連れて行くんです。ビルの外観の風情もいいと思うけど、中身は知りませんからね。会社の持ち物として事業をやるとなると別ですから」

山内はぐい飲を手に握りしめるようにして
「麗子ママは木村商事がススキノの外に出て事業を展開することを夢見ているようだ。自分はクラブをやっていても、会社自体は脱水商売へというわけだ」

「ただオフィスビルの賃貸ということだけでしょう。飲食店ビルでは、ススキノでいくら頑張ってもカイハツには追い付けませんからね」

「今回道拓はカイハツにもビル買収を持ちかけているんだよ。カイハツの意見も聞いてみたが、あそこは全然買う気がない。賃貸では長い経験を持っているから、話を聞いてみたよ。彼らはビルを買うにしても自分で建てるにしても、六年はそのビルから利益は出てこない、十年償還の中で後の四年になって初めて利益が出るといっていた。四・八％で金を借りたら、一三％で回ってくれないとペイしないとみるんだ」

「厳しい商売ですね。社長にそんな話をしたんですか」

「社長は古平さんとの付き合いでそういったことは聞いているだろうさ」

「営業部長はどういう考えなんですか」

山内は薄ら笑いを浮かべてつまんだ寿司を口に入れた。ゆっくり飲み込んでから、

「彼は三年も持つ必要もない。すぐにでも高く売れれば、という考えだ。利益が取締役の報酬にはね返って欲しいということだ。彼は彼で金のかかる問題を抱えているからね」

「女で身動きが取れないことはみんな知ってますよ。社長はあのビルをなんとか価値のあるものに再生させたいという考えのようですね。会社幹部の考え方がそんなふうに食い違ってビルを買ってもうまくいきますか」

「最終的には社長の考え方だからな。私も社長のそういった意を受けてあのビルを調べたんだ」

「間仕切りにブロックが多いと聞きましたが」

「よく知っているね。リニューアルはやりやすいだろうということだ。テナントの質を上げたいんだ。そこで木村商事が新しいテナントを獲得するか、直営で何か考えるか。それによってあの区域を準スキノみたいに活性化したい。周辺のパッとしない商店も生き返るか、場合によっては地上げで新ビルを誘致できる」

「ビルの償還に加えてそんなリニューアルの余裕がありますか」

「金利は四・八%だが、利益を相当削る覚悟でやれば可能だろう。うちは以前から売上げ三十三億円を目標にしているが、サブマネはどう思うね」

「好景気に支えられて三十三億まであと三億、あと二億とやってきましたが、なんと言っても〈クラブ麗〉の伸びに助けられていますよ。しかし、それは地上げの不動産屋とか証券関係とか、けた外れのお金の使い方をしてくれるおかげです。これ以上伸びるかというと疑問ですね。長い目で見れば、むしろ離れて行った古くからのお客さんをどう取りもどすかが課題です。いずれにしても今のハコの中では年間三十三億売り上げるのは無理だと思ってますが」

「その通りだよ。社長もそう考えているから、道拓の誘いに乗ろうとしているんだ」

「新しいビルのテナント料が売上げに加わっても、すぐ三十三億円には届かないはずですね。私個人としては実を言うと、今の三店の規模で居心地はいいんですが」

「君はそうかもしれないが、社長は社員の将来を心配しているんだ。今のスタッフもずっとポストが全然変わらないじゃないか。上はつかえているし、新しい転出の受け皿もない。これでは会社が人事面から停滞してしまう」

「そうすると、もし花柳ビルをうちが買収したら、社としては大きな転機になりますね」

「この好景気を利用して打って出ようというわけだ」

「今回いろんな人の意見をもらいましたが、いつまでも好景気が続くとは思えませんからね。知っている喫茶店のマスターによると二年ほど前から、今の不動産景気をバブルと名付けている学者がいるそうです。中身のないシャボン玉の泡みたいなもので、いずれ弾けて飛んでしまう」

「なるほどな。弾ける前に捉まえねばならんということか」

店の外に出ると、細かい真冬の雪が風に飛ばされ、天気は崩れようとしていた。山内は通りかかった空車に手をあげて、

「おい、ついでに君のマンションまで回っていくぞ」と言う。

「いや、いつものように歩いて帰ります。ご馳走さまでした。お休みなさい」

「じゃ、お休み。風邪ひくなよ」

黒頭はタクシーを見送ると、吹雪の中を南に向かって歩き出した。

紳士の贈物

I

ビルの二階から見える札幌《さっぽろ》駅前通は、人が行き交う歩道に明るい五月の日差しが降りそそいでいる。公園や家の庭にもライラックが咲き始め、もうすぐさっぽろライラックまつりが始まろうという季節だ。黒頭悠介《くろずゆうすけ》はデミタスのカップを置いて、向かい合った女性に興味なさそうに目を遣った。ススキノのクラブ勤めの二十九歳。どこかで昼飯を食おうかと歩いていて、ばったりと出会って「お昼奢ってよ」と言われ、いやだとも言えずパスタ・ランチを共にした相手だ。

南欧料理のカフェ・レストラン〈L.A.VERONICAエルエー・ベロニカ〉は、遅めの昼食を摂る客で半分ほどテーブルが埋まっている。通りに面した側は天井から足元まで目隠しシートもない一枚ガラスの窓だ。反対側の壁の全面には闘牛の場面のマルチ・パネルが輝いている。闘牛士が屠る前の牛をケープでさばいてみせる〈ベロニカ〉を描いた店の入口にある油彩を、闘牛士をクローズアップしてステンドグラスふうの太い黒枠で二十五面に分割したものだ。黒頭は金ぴかの衣装でしなやかに体を捻った闘牛士のポーズが気に入っていて、どうせ眺めるなら女よりこっちの方がいいのだ。

黒頭は本人は美人だと自負しているらしい相手をもっと若い時から知っていた。その頃は引き抜きも考えていて、ホステスたちの個人データを書き入れた黒頭の大切な手帳にもリストアップした女だった。しかし、同じ店の黒頭が親しくしているホステスの情報では、最近の売上げはこの好景気でもそれほど変わらないようだ。何よりも彼女が有力な顧客としている業界からは、木村《きむら》商事の〈クラブ麗〉にもたくさん常連客が通っている。クラブでは同じ業界の客たちが会社や所属が違っても仲間意識で集まってくる連中もいれば、逆に「あいつらの通う店には行くもんか」と反発するうるさい業界人もいる。この女にはそのリスクが避けられないように感じていた。偶然会ったことで格上の店への鞍替えもと水を向けてくる女に、黒頭はプライドを傷つけない程度の曖昧な返事をしていたところだった。

黒頭の腹に付けたポケベルが無粋な振動を伝えてきた。黒頭はポケベルのディスプレイを確認して「ちょっと失礼……」と立ち上がる。店長の立っている奥のカウンターにある電話を「これ借りるぞ」と取って木村商事に電話すると、総務の女性社員が「文月《ふみづき》さんとおっしゃる女性が事務所に至急電話を欲しいそうです」と言う。黒頭は苦笑して「おい、社長のところにかけたいんだが、どうすればいい?」と訊くと、店長が内線に回してくれた。

「クロ、お前どこにいるんだい」

「下の店で飯食ってるところですが」

一瞬の沈黙の後、

「そこにいる女を放り出して、上に上がってきてよ。もっとかわいい女に会えるから」

ビルの最上階の五階は、文月まどかフラメンコ教室と、ハードな内容が売りのヨガ・スクールが分け合っている。黒頭が教室内をのぞける窓に寄ってみると、いつも文月に代わって教えている一番弟子が手拍子《パルマ》をとって、長いスカートの七、八人の女性が床を激しく踏み鳴らすサパテアードをしているのが見えた。廊下にもその音が洩れて聞こえる。下の階からうるさいと苦情が来ないかと黒頭が心配したことがあったが、文月は「ダンス・フロアは厚いコンパネにリノリウムを敷いてあるのよ。どうせ下もうるさいジャズダンス教室だからね」と言っていた。

黒頭は事務所のドアをノックして入った。社長室のドアを背にただ一人で事務を担当している文月の親戚の女性が「いらっしゃい、社長がお待ちかねよ」と笑顔を見せる。

黒頭はデスクに向かっている文月に「ご無沙汰です、文さん」と挨拶しながらデスクの前のソファに腰を下ろした。文月は長い髪を後ろに束ね、顔はあまりメークもしていないようで大きな目と鼻が目立つ。舞踊家というより、今はやはり社長の貫録だ。

文月は高校で黒頭の一期先輩だ。拳闘部の黒頭は女番長といわれた文月のテイのいいパシリだった。文月は大学を卒業するとスペインや米国をうろついた末、札幌に帰ってフラメンコ教室とレストランを経営するビジネスで一応成功している。

「で、かわいい女というのは……」とたいして期待せずに訊くと、

「お前、やっぱりかわいいのがいいのかい」と文月は笑って「お前も知っている真理亜《まりあ》よ。いまレッスンが終わったらここに来る」

「ああ、相変わらず下でカモをひっかけて遊び回ってますかね」

佐古《さこ》真理亜は黒頭も顔を知っているフラメンコ教室の生徒の一人だ。札幌の近くの千歳《ちとせ》市の高校を卒業して札幌に出てきて、今は北海道庁のアルバイト職員だと聞いていた。同じように勤めを終えて夜のレッスンにやってくる若い女性が三、四人、稽古が終わると〈エルエー・ベロニカ〉で腹ごしらえする。すると決まって男たちのグループに誘われることになる。駅前通りあたりの会社などの社員たちだ。一緒にススキノに繰り出して賑やかにあちこち飲み歩き、ディスコやナイ

トクラブで騒いで寿司をつまんだりしているうちに地下鉄の終電も行ってしまう。男たちは「真っ直ぐ帰りなよ」と、タクシー・チケットを何枚かちぎって渡してくれるが、なかには使いかけの一冊をそのままくれることもあるから、彼女らはそれを分け合って通勤に使っていた。

「相変わらずだわ。でも、あの子、クラブで働きたいというのよ。以前、お前が未成年でなきゃ〈クラブ麗〉でヘルプに欲しいところだが、といってたわね。もう二十歳よ」

「稼がねばならない理由でもあるのかな」

「それは直接本人に訊いて頂戴よ」

ドアにノックの音がして真理亜が入って来た。熱帯の花を模様に散らしたスカートに半袖の白いブラウスを着ている。袖の縁に赤い細いテープがステッチしてあり、そこから見える腕も顔色も透き通るような白さだ。真理亜は千歳空港の運営会社の社員の娘だが、母親は戦後千歳に駐留した米兵と祖母の間に生まれたいわゆるハーフだった。ワンレングスの髪型で、レッスンの後の上気した顔色を残してふっくらとした頰が輝いている。だれにでも好かれそうな顔立ちだ。

「クラブで働きたいそうだけど、道庁の臨時職員じゃだめなのか」と訊かれて、真理亜は首を傾げながら微笑して言う。

「臨時も臨時、最低ランクなの。半年契約でクビになるけど、契約更新を繰り返して働いている。一度いた職場では働けないから次々に部や課が変わるのよ」

「どんな仕事をしているんだ」

「お茶汲み、コピー取り、書類をあっちこっちに運んだりよ。まともな給料が貰えるわけがないでしょ」

「しかし、駅前通りあたりの会社や役所のOLというのは、仕事がなんであれ、一種のステイタスとして満足しているはずだ。いくら給料が高くとも駅前通りから離れることはしない」

「確かにクロの言う通りね」と文月が頷いて「駅前通りで働いていれば、名の通った会社の男も捉まえられるしね。でも真理亜は独身の男はつまらないと見向きもせず、交際費をじゃんじゃん使えるクラスの男たちとばかり遊び回っているのが間違いだわ」

「札幌に親がいて、家から通勤している子たちは先生の言う通りだと思う。でも、私のように地方から出てきて部屋を借りていると、給料第一よ。私は母から毎月援助してもらっている。母も実はいい婿さんが見つかるだろうということで、空港にいくらでも勤め口はあるという父を説得して札幌に出してくれたのよ」と言う真理亜が急に真面目な表情になった。

「私ね、医療事務の資格を取りたいの。通信教育でも取れるというけど、遊び回っていちゃ真面目に勉強できるか自信がない。そこで昼間スクールに通って確実に資格を身につけて、勤める病院も紹介してもらおうと思う。結婚後も働けるからね。それでなんだけど、クラブのヘルプというのかしら、いくらぐらい貰えるの」

「かつてはホステスの保証のスタートは一万八千円と決まっていたもんだが、今はヘルプの女の子でもそれくらいはいく」

「私、お酒が強いのよ。それは条件の一つでしょ？」

「強いといったって、半端では勤まらんよ。テーブルにあるボトルは空けてやるぐらいの覚悟でないとな。その自信があるなら〈クラブ麗〉の三森《みつもり》店長に紹介するか」

「クロ、真理亜はよく気がつくし、腰も軽い。採用して後悔させないわ」と文月が保証した。

2

五月末にライラックまつりが終わると、古くからの札幌っ子は大人になってもなんとなく、落ち着きのない浮ついた気分になる。初夏の札幌のイベント、札幌まつりと呼ばれる北海道神宮例祭が六月十四日から三日間行われるからだ。本州のような梅雨もなくさわやかな空気の街には各祭典区の氏子たちの立てる幟がはためき、中島《なかじま》公園周辺は露店や見世物小屋で賑わう。

八日午前九時半過ぎ、黒頭も浮き立つような気分の足取りでススキノを北に向かっていた。街頭の温度計が摂氏二三度を表示している。この朝は例によって豊平《とよひら》川の河川敷公園でボクシングの札幌ジムの練習生たちとロードワークをこなし、マンションにもどってシャワーを浴びて出てきたのだ。濃い紺色のブレザーに折り目が鋭く見えるグレイのパンツ姿だ。喫茶〈モローチャ〉でいつものようにコーヒーとトーストの朝食を摂るつもりでいる。

黒頭が〈モローチャ〉のドアを開けて入ると、目の前のカウンターにシャンソン・バー〈シュヴァリエ〉のママ、多門比奈子《たもんひなこ》が座っていてカウンターの中の万里子《まりこ》と親しげに話していた。

「悠さん、お早う」とママの万里子がいつもの穏やかな笑顔で迎えた。

「待ってたのよ。今日は遅いんじゃない?」と言って比奈子は、小柄な体には高過ぎるストゥールから滑り落ちるように下り「急ぎのお話があって……」と店の奥に行く気配を見せる。黒頭は先に立って新聞を広げている客のわきを抜けて、電話ボックスの陰の目立たないテーブルに案内した。比奈子はクラッチバッグをテーブルに置いて座るなり、

「サブマネが以前気にしていたこと。南雲《なぐも》のやつ、仕掛けてきたわよ」

黒頭は遅れて腰を下ろしながら「え、なんだと言うんだ?」と訊いた。南雲竜馬《りょうま》は亡くなった多門が興した平安《へいあん》興業で総務課長を務めていた天道《てんどう》組の組員で、社長を継いだ比奈子に解雇され、静岡《しずおか》を縄張りとする組に帰ってしまったはずだ。

「昨夜、お店の方に本人から電話が入った。今になってまたあいつの声を聞くとは思わなかったわ」と言いながら、バッグからクールを出して一本唇に押し込むようにくわえた。黒頭はつられたように灰皿の上の紙マッチを擦って火を点けてやる。

「それで、なんて言ってきたんだ」

「組のファイナンスとは話がついているが、地元への挨拶を忘れていないか、というの」

万里子が黒頭の前にコーヒーを運んできた。黒頭は眉を寄せて熱いのを一口啜った。

「私は多門は生前、地元の組とはなんの関係もなかったはずだ、彼からも聞いていませんよ、と言ってやったわ。すると、それは会社を離れたお前の言い分だろうが、会社と組の義理は今でも続いているとこっちは考えている。地元の組にも話を通して、それをきれいにできるのはお前だけだ。二十九日の株主総会はめでたく終わって欲しいもんだな、だって」

「新体制で再出発する総会を質にとって脅してきたわけだ。地元の組とは誰を言うんだね」

「中川《なかがわ》組だといっていた。そんな名前、多門の口から聞いた覚えがないわ」

「中川秀郷《ひでさと》は天道組の今の親分の直系組長だ。よくススキノで名前を聞く至誠《しせい》会はその舎弟分にあたる」

「私はそんな親分知らないわ」

黒頭はポケベルのヴァイブレーションを横っ腹に感じて、会社からの呼び出しだと分かると電話ボックスに入った。総務の女性が「文月さんが呼んでるわ。だいぶご機嫌斜めのようだけど」と

知らせてくれた。不審に思いながら文月のフラメンコ教室に電話すると、

「おい、クロ。今どこにいる?」と怒鳴るような声だ。

「〈モローチャ〉でお茶飲んでますけど……」

「すぐ来い。走って来い」

「え、どうしたんです。何があったんです」

「真理亜がひどい目に遭ったのよ。まったくお前んとこのクラブはどうなってるんだい。麗子ママって何よ」

「分かりました、文さん。すぐ参ります」

文月のフラメンコ教室に駆けつけるとたまたま事務の女性は不在で、黒頭は奥に静まり返った社長室のドアをノックして中に入った。文月はデスクのそばに腕組みして立っていた。紺のスーツには威圧的な肩パッドが入っていて、その上に黒い髪が振りかかっている。いらついた表情を横目に見ながら、黒頭はそばのソファに恭順の姿勢で腰を下ろした。

「真理亜がどうしたんです?」

文月はアームチェアにもどって座るとデスクの上に両手を組んで、

「ひどい目に遭ったって言ったでしょ。〈クラブ麗〉の土井《どい》という客よ。齢は七十歳ぐらいの金持ちの紳士だという」

「そんな客、私は知りませんね」

「うん、そりゃお前は知らないだろ。東京から来たという新しい客だからね。なんでも、去年の夏に二、三度来て、気前のよいお金の遣い方をして行ったそう。先月三十日に今日札幌に来たと

ころだよと顔を見せたんで、ママも大歓迎した。そこでヘルプについた真理亜をすっかり気に入って、この子を指名すると言い出した。札幌にいる間毎晩でも来ると言う。真理亜は引受けのホステスではないが、土井は現金払いの客だから集金の必要もない。それでママの客でなく真理亜の客ということで指名料が貰えることになった。土井ちゃんと呼んでくれと、名前もその時初めて分かった……」と早口に説明する。

「この土井だけど、自分は高級ワインを飲み、ホステスたちにはコニャックやドンペリを好きなだけ振る舞う。テーブルの上はご馳走山盛りだ。帰り際にはお札のぎっしり詰まったダンヒルのセカンドバッグから現金払いで、席に着いた女たちには一万円ずつチップを握らせる。三日土曜の夜はアフターにママも含めて繰り出したが、自分は年寄りで腰も痛いのでこれで勘弁してくれとお札をたんまり預けて途中から先に帰ってしまったそう。お金の遣いっぷりは地上げの不動産屋みたいだけど、服装、物腰、言葉遣いともこれぞ紳士のお手本といった感じ」

「それは結構なお話ですね」

「これから本題に入るのよ」と文月の唇から薄ら笑いが消えた。「この土井という男、今週に入ってから、真理亜にあるお願いを持ちかけた。私の泊まっているホテル中島パークビューに来て、ひと晩私のベッドに添い寝していただけませんか。私はこの通りの老人で、壮健な男がするようなことは何もできないし、する気もない。ただ聖女のようなあなたと一夜を過ごしたことを、大切な思い出にしたいだけだ。それに対しては、ホテルへ行く前に百万円、翌朝に百万円差し上げます、というのよ。真理亜はとてもそんなことはできないと断った。次の晩も持ち出すので、ママに相談しなきゃといったら、私からも麗子ママにお願いしてみようと言う」

「麗子ママはどうしました」

「麗子ママは、土井さんのような紳士が言うことだからよもや約束を破るとは考えられない。しかし、受ける受けないはあくまで真理亜の気持ち次第だから、と言ったそうよ」

「それで真理亜はオーケーしたわけだ」

「クラブの看板の後、二人で真理亜の知っているバーで軽く飲んでから寿司をつまみ、真理亜はそこで貰った札束をハンドバッグに入れてホテルに入った。新婚旅行専用というような豪華なダブルベッドのある部屋だったらしい。シャワーを浴びるという土井に対して、真理亜は私は服を着たまま眠らせていただきます、と断った。土井はそれでもいいんだよ、と言う。ちょっと安心してベッドに入ったが、土井の方が先に眠ってしまった。真理亜はなかなか寝つけなかったが、お酒を飲んでいたこともあっていつの間にか眠っていて、目を覚ましたのが六時半ごろだったらしい。隣で土井がもぞもぞやっていた。それで目を覚ましたらしいのだが、気がついたら裸の男が真理亜の顔の上に四つん這いにまたがっていた。そのまま男は顔の上に……垂れた」

「えっ、クソを垂れた、ということですか」と黒頭は声をひそめて訊いた。

「そう。真理亜は靴を履いて自分のバッグを摑んで廊下に飛び出し、一階ロビーの陰のトイレに飛び込んで顔やら髪を洗い、泣きながらホテルの玄関にいたタクシーでアパートに帰って来た。情けなくて悔しくて自殺も考えたくらいだったが、さっき私のところに電話してきたのよ」

「麗子ママには電話しなかったんだ」

「彼女、麗子ママには不信感を持ったようね」

「電話借ります」と黒頭は立ち上がった。デスクの上の電話を取って〈クラブ麗〉の三森敦《あつし》店長のマンションにかけた。

「店長、黒頭です。いまフラメンコの文さんとこにいるんですが、ゆうべの土井という客と真理亜のこと何か聞いていますか」

「ああ、ママから聞いた。二百万円もらうという話だろ?」

「その話、誰々が知ってますか」

「ママと俺だけだよ」

「その土井という男、今朝寝ている真理亜の顔の上にクソを垂れた」

三森はとっさに言葉も出ないでいる。

「真理亜は自分のアパートに逃げ帰って、泣きながら文さんに電話してきた」

「あの野郎……。まだパークビューに泊まっているか」

「私はこれからパークビューに行きます。店長も来てください」

3

ホテル中島パークビューのフロントの川上《かわかみ》主任を黒頭は三年余り前から知っていた。衆参同日選挙が行われた昭和六十一年、選挙前の春に黒頭はタイガー・ビル地下の〈北のくいだおれ小路〉とフェア・ファイナンス&コンサルタンツ(FFC)というノンバンクの双方を経営する浅原公平《あさはらこうへい》に頼まれて、ホテルのスイートルームに札束を積み上げ、道内の政治資金団体などの代表に現金を配ったことがある。その時のトラブルで知り合って以来、お互いに頼みごとがあって親しくなっていた。

タクシーのドアを開けてくれたドアマンとエントランスわきのベルボーイにそれぞれ頷きなが

ら、真っ直ぐにフロントに向かった黒頭を川上は笑顔で迎えた。青い糸瓜襟《ショールカラー》の制服を着て、部下の青年と並んで立っている。

「土井というお客はまだいるかい？」

「今朝、チェックアウトしましたよ」と硬い表情で答えた。

「部屋は大変だったろうね」

川上は部下と顔を見合わせ、カウンターに体を乗り出した。

「もう、わやでしたが、どうしてご存知です」

「あいつ、うちのクラブの客で来たんだが、ホテルに連れ帰ったホステスの顔にまたがって朝一番のトイレに使ったんだ」

川上が姿勢をただし黒頭の肩越しに視線を送るので振り返ると、コットンのジャケット姿の三森が来ていた。黒頭が「うちのクラブの三森店長。ここの主任の川上さんだよ」と紹介して、二人が名刺交換している間に、

「何時ごろチェックアウトしたの？」と部下のフロント担当に訊いた。

「八時ごろです。ちょうど私が夜勤と引き継ぎ交替するところでした。その夜勤のスタッフは七時ごろ、土井というお客がゆうべ連れてきた若い女性が、ロビーの陰のトイレから駆け出して玄関前のタクシーに乗るのを見ています。このお客は部屋を出ると、掃除などを担当するハウスメイドが詰めている部屋のドアをノックして、そこにいた女性に粗相をしてしまったのでよろしく頼む、と二万円を渡して行った。彼女がしばらくして部屋を覗いてみると……」

「残った臭いなど二、三日様子を見ないと使えないですよ」と川上が割り込んで言う。

「このお客は前にも泊まってるの？」

「いや、初めてでしてね」と言う川上に促されて、部下が土井のチェックインした時に記入した宿泊者名簿を出してきた。

　土井三郎という名前に東京都中央区の住所や電話番号が書かれてある。

「実は先ほど、この電話にかけてみたんです、でたらめな番号でした。だいたいこの住所、でっかいオフィスビルのはずで、住宅どころかマンションでもないところですよ。会社の電話番号かもしれないとかけたんですがね」

「それでこの土井というお客は、三十日の火曜日から泊まっているはずだが、だいぶ前から予約が入っていたんですか」と三森が訊いた。川上は首を横に振って、

「いいえ、泊まったのは今週月曜からの三泊ですよ。四日の日曜に電話で予約してきましてね。明日からできるだけ立派なダブルの部屋が取れないか、というんです。ちょうど空いていたので、三万八千円の部屋を三泊、この名前と電話番号で予約してもらいました」

「チェックインの時にいたのは僕でして」とフロント担当。「カード払いでしょうか、と番号を控えておくため提示を求めたのですが、事情があってカードを使いたくないんだと言う。そしてデポジットなんて細かいお金は面倒だから三泊分の部屋代は払っておくよ、といきなりダレスバッグからセカンドバッグを出すんです。はち切れそうな札束の中から十一万四千円を払っていただきました」

「ダレスバッグだけで来たのか」と黒頭は三森と顔を見合わせ「出た時のタクシーをドアマンが覚えていないかな。ここのホテル、札交《さっこう》ハイヤーがいつも並んでいるようだが……」

「うちのドアマンは必ず覚えていますよ。訊いてみましょう」と川上が言ってカウンターの外に出てきた。三人でホテルの玄関に向かった。川上はエントランスの外に出て、もう五十歳を超え

ているベテランのドアマンと話していたが、

「やはり札交さんでした。21号車、運転手の名前も知っているそうです」

「その車、呼んでもらえないかな」

ドアマンが客待ちの札交ハイヤーに頼んで本社と連絡を取ってもらっている。21号車はたまま今は空車で、十分ぐらいでホテルに来られることが分かった。

「もう千歳空港に逃げられたと覚悟したが、まだ市内にいるな。サブマネ、どう思う？」

「うん、ここは仮の宿かもな。真理亜と知り合ったことで変な気を起こしてここを予約した」

「黒頭さん、土井という男捕まりますかね。うちはあの部屋の休業分のお金も含めて大損害ですよ」と川上が初めて憤慨の表情を見せた。

21号車が入って来た。ドアマンが運転手と話していたが、川上のところにやってきて「主任、アンバサダーに送ったそうです」と報告した。三森が「サブマネ、行くぞ」と黒頭を促した。

「それじゃ、川上さん。結果は連絡します」と黒頭は三森とタクシーに乗り込んだ。

4

札幌アンバサダー・ホテルは、大通公園の西の外れに近い場所に十二階建ての円形の宿泊棟を備えた老舗ホテルだ。広いロビーに入ると、左奥に長いカウンターを備えたフロントがある。

「店長、土井という名前じゃないでしょうね」

「うん、しかし、土井で訊いてみるしかないな」と言って、三森は三人ばかりいるフロント・クラークのうちの主任らしいのを目指してゆく。黒頭と同じぐらいの年齢だ。このホテルにはススキノの黒服経験者など黒頭の顔見知りがいるが、この主任らしい男は顔を見たことがある程度だ。しかし、相手は黒頭の身分を知っている様子で愛想よく迎えた。

「土井三郎さんというお客さんはいるだろうか」と三森が訊くと不審な表情で、

「そのお名前の方には記憶がございませんが」と首を傾げ、部下にパソコンを調べさせている。

「やはりそのお名前の宿泊は見あたりませんが……」ともどってきた。

「三十日から泊まっている東京のお客さんで七十歳ぐらいの紳士だ。札束を詰め込んだ黒いセカンドバッグを開けてみせる趣味があるようだが」

それで主任は分かったようだ。

「で、部屋にいらっしゃるのかね」

後ろのキーラックを振り返りかけたが、確認するまでもなく「だいぶ前に外出されました。部屋の鍵を持たれてますから、もうすぐもどられるでしょう」と言う。

「じゃ、ロビーで待つよ」と三森はカウンターを離れたが、黒頭はカウンターに肘をついてちょっと頷いた。

「トラブルですか」と相手はセキュリティ担当の黒頭の仕事を知っているような訊き方だ。

「ここのホテルには関係ないよ。ただ別のホテルに今朝まで偽名で泊まっていたんでね」

主任はボールペンを取ってメモパッドにすらすらと〝土肥原一郎《どひはらいちろう》〟と書きつけ、黒頭がそれを覗き込むとすぐ丸めて捨てた。

二人はエントランスの正面の壁際にある背もたれのないカウチソファに腰を下ろした。前から見ると肘掛が渦を巻いて見えるおよそ男二人が並んで座るソファではない。もう帰ってこないのではと思うほどの時間がたち、あくびをもらした黒頭に三森が「来たぞ」と声をかけた。

エントランスから黒っぽいスーツを着たやせた中背の男が入って来た。ちょっと腰が前かがみになり、ゆっくりとした足取りだ。右手に黒いセカンドバッグをぶら下げている。エレベーターに向かおうとする男に三森がすっと近寄って「土肥原さん……」と声をかけた。名前を呼ばれてびくっとして振り向き、三森の顔に気づいて逃げようとする前に黒頭が立ちふさがった。

「ちょっとお話を聞かせてもらいますよ」と黒頭が言い、三森が「逃げようとしたって無駄だよ」と、二人で挟み込むようにしてロビーの隅のテーブルのある談話スペースに連れて行った。

テーブルを挟んで、三森と黒頭は土肥原に向かい合って座った。土肥原はセカンドバッグをかたわらに置いて二人に目を合わせないでいる。

「土肥原さん、あんたは真理亜になんということをしたんです」「あんなひどいことが許されると思ってるのかね」と二人が畳みかける。

やっと「まことに申し訳ありませんでした。自分でも分からない出来心で」という言葉が出たが面長の整った顔は俯いたままだ。

「出来心でパークビューにホテルを用意して連れ込んだのかい。真理亜に会ったことで、あんたの特別な趣味を満足させる絶好の相手だと計画したんだろうが。口先で申し訳ないと言ってすむ話じゃないだろ」と三森が押し殺した声で迫ると、土肥原はいきなりセカンドバッグを取ってファスナーを引いて、並んで見える百万円の札束の一つを取って三森の前に置いた。

「これ、お約束の半金です」

「何がお約束だ。添い寝をしてくれ、というはずだったじゃねえか。顔にクソを垂れる約束をしたかァ」

と三森が声を荒らげると、

「人聞きの悪いことを、あまり大きな声で言わないでください」と辺りを見回す素振りだ。

「人聞きの悪いことをやったのはお前なんだぞ」

「店長、ここでしゃべっていても無駄ですよ」と黒頭が三森の肘をつついて「こいつを警察につれていきましょう。それで解決です」

三森も頷いて腰を上げかけると、土肥原は憤然とした表情で言いだした。

「警察とおっしゃるが、私がどんな犯罪を犯したというのです」

すぐ言葉が出ないで、二人は顔を見合わせた。

「クソをかけたと言う。じゃ、それはなんという罪になるのです」と重ねて訊いてきた。

三森が重々しく断言するように言う。

「真理亜の名誉を傷つけたじゃないか。名誉棄損だぞ」

「女性の人格を侮辱している。侮辱罪だ」と黒頭も決めつけた。

土肥原は顔を上げてはっきりした口調ですらすらと、

「あなた方、名誉棄損だ侮辱だと気軽におっしゃいますが、私と彼女だけがいた、いわば密室の中での出来事じゃありませんか。人の人格を傷つけたり、本当でも嘘でも、他人の不名誉となることを公然と明らかにする名誉棄損罪、侮辱罪はどちらも不特定のたくさんの人たちが知り得るということで成立するものです。今回のようなケースには当てはまりませんよ」

三森も黒頭も言葉に詰まって相手をにらんだ。三森が言う。

「あんなひどいことをしやがって。犯罪にならないわけがないだろうが」

「よいことだとは申しませんが、警察に捕まって裁判にかけられるようなものではないというのです」と自信を取りもどしたような顔つきで「六法全書をお読みになれば分かることなのですがね……」と溜息をついた。

黙って土肥原の顔を見詰めていた黒頭が「ちょっと待ってて下さい」と立ち上がった。ロビー内を見回して、フロントの主任が気にして見ているのを感じながら壁際の公衆電話を見つけ、ポケットから細長い手帳を出して受話器を手に取る。〈ニュータイガー〉のショー担当主任、大原健太《おおはらけんた》のマンションの番号を確かめて電話した。大原が電話に出たのでほっとしながら、

「おい、ちょっと刑法のことで教えてほしいんだ」と、ススキノではただ一人といわれる東大卒の黒服に訊いてみる。「クラブの客だが、ホステスにひと晩ホテルで添い寝してくれれば札束をやる、俺は年寄りだし何もしないから、と連れ込んだ。そして朝になったら寝ている女の顔にウンチを垂れやがった」

大原はひゃーっという声を出した。

「おいおい、君がそのホステスみたいな声を出してどうする」

「誰ですか、その女は？」

「それは聞かん方がいい。偽名を使っていたその野郎をいまとっ捕まえて、警察へ引き渡すぞと締め上げているところなんだが、そいつは私がどんな犯罪を犯したというのですか、と開き直ってるんだ。名誉棄損だ、侮辱罪だと言ったら、私と女しか知らない密室の中でのことだ、世間の人たちが分かるように公然と人格を傷つけたり、不名誉なことを暴露したわけじゃないから、そんな罪名で罰せられるのはおかしいじゃないかと言う」

「なるほど、そいつは少し法律をかじってますね。確かに名誉棄損も侮辱も不特定の多数の人間が認識できる状態で、という条件が付きますから」

「なんだ。そうするとこの野郎を警察に突き出すことはできないというのか」

「いや、暴行罪が成立しますね」

「殴ったわけでないから痛くもないのにか」

「暴行というのは、相手に有形、つまり物理的な力を及ぼすことで、手や足、物でもなんでも構わない。苦痛を与えなくとも、例えば髪の毛を切るなんて立派な暴行だし、何年か前の判例にありますが、相手に農薬をふりかけて立件されたケースもあります。それに衣服を汚されたら器物毀棄罪になります」

「そうするとベッドを汚されたホテルも訴えることができるな」

「当然です、サブマネ。その野郎、警察に突き出してやって下さい」

黒頭は三森のところへもどってきた。三森は土肥原とにらみ合ったままだ。攻めあぐねているようだ。黒頭は腰を下ろして、

「土肥原さん、年貢の納め時だよ。いま専門家に聞いてきた。判例にあるそうだが、暴行罪が成立するそうだ。なんらかの物理的な力を行使したと認められると、痛いとか、そういう目に遭わせなくとも暴行となる。他人に農薬をかけて捕まったケースがある。クソの方がたちが悪いぞ」

三森がにやりとして「聞いたか、土肥原。うちには優秀な法律顧問がついてるからな。札幌中《さっぽろなか》警察署というのはここから歩いて二、三分だ。さ、行くぞ」

土肥原の顔がしわの塊のようにくしゃくしゃになった。テーブルに両手をついて、

「申し訳ありません。どうか、彼女に会わせて下さい。誠心誠意謝ってお許しを願いますから」と頭を下げている。

「何を言ってるんだ、真理亜がお前に会うと思うのか。顔など見たくもないというだろう。昨夜

のことはすべて忘れたいと思っているだけだ」と黒頭があきれ顔で言った。

土肥原の手がかたわらのセカンドバッグに伸びた。またファスナーを引き開ける。

「お金かい、土肥原さん」と三森。

「誠意を示す手段がないとなれば、私にはほかにできることはありません」と言いながら札束を一つ抜いて三森の前の百万円に重ねた。三森も黒頭も黙って土肥原をにらんでいる。それを窺いながら土肥原はまた一つ重ね足した。はち切れそうだったというセカンドバッグも、今はやせて見えてきている。黒頭が言う。

「土肥原さん、真理亜のことを考えてみて下さいよ。この金で何を買っても、彼女はそれを見る度、ゆうべのことを思い出すだけだ」

するとこ三森が割り切った表情で言いだした。

「いくら積んでも同じことですがね、土肥原さん。が、ともかくこれを彼女に渡してあなたの気持ちだと伝えましょう。それを受けるか、金は要らないから警察に突き出してくれというかは、彼女の考え方次第ですよ。ちょっと時間を下さい。まだここに滞在してるでしょうな」

「その予定でいます。よろしくお願いします」と、ほっとした表情でまた頭を下げた。

「それからまだ一つ問題があります」と黒頭が言う。「パークビューですが、あの部屋は後始末に何日かかかるそうで、大損害だと言っています。器物毀棄罪になることはあなたも認識しているでしょう。フロントに川上という主任がおります。あなた自身が足を運んで謝罪して弁償して下さい。そうしないと、このホテルに警察が来ることになりますよ」

「分かりました。必ずそうします」

「その誠意を裏付けるためにはあなたの身分をはっきりさせてほしいですな、土肥原さん。名刺か何か置いて行って下さい」

テーブルの上に置かれた名刺を、黒頭と三森は頭をくっつけるようにして覗き込んだ。業種も不明な東京の会社の相談役という肩書がついている。

かしこまったままでいる土肥原を残して、札束を鷲づかみにした三森がエントランスに向かう。離れて黒頭はフロントにやってきた。

「黒頭さん。話はついたようですね」と主任は名前を呼んで確認してきた。黒頭は頷いて、

「ええ、だいたいのところはね。まだここに滞在するようですから。で、この人に間違いありませんね。カード払いですか」と土肥原の名刺をカウンターに置くと、

「ええ、この方です。カード払いです。去年からのお客さんでしてね」

帰りのタクシーで、ジャケットのポケットに三百万円を突っ込んだ三森が言った。

「まず文月さんに会って真理亜との橋渡しを頼むよ。ママはそのあとだ。その方がいいだろ?」

「ええ、お願いしますよ。麗子ママにはショックだろうが、心配なのは真理亜の方だ」

5

この日、朝食も昼食も摂りそこなった黒頭は〈モローチャ〉に来て、万里子の特製の野菜サンドで腹ごしらえをしていた。飲みかけのコーヒーカップを置いてカウンターを離れると、店内の電話ボックスに入った。焦げ茶色の木の格子に厚いガラスの四方をテーパーに取ったダイヤガラスをはめ込んだ重厚な電話ボックスだ。ピンク電話を取り上げて手帳を見ながら〈クラブ・ダイナ〉

の石渡将営《いしわたりすすむ》業部長の自宅の番号を押す。

「黒頭です。ご無沙汰ですが、今日お会いしたいのです。時間を取ってくれませんか」

「何かあったのか。四時には出てるから店に来いよ」と石渡が応えた。

〈モローチャ〉を出た黒頭は〈ニュータイガー〉に出勤した。ホールに入ると、スタッフたちと清掃会社が掃除したボックス席のチェックに当たっていた大原が寄ってきた。

「どうでした、サブマネ」

「君がいて助かったよ。野郎、ぐうの音も出なかった」

「警察に引き渡したんですか」

「金で勘弁してくれということだ。後は女の方がそれで納得するかだな。しなけりゃ警察沙汰の振出しにもどる。そうはならんと思うがね」

「そうでしょうね。事件になれば、彼女は警察で被害のいきさつを話さなきゃなくなる。その苦痛というか屈辱というかを考えるとね」

「君は今でも法律を勉強しているのか。判例などよく知っていたな」

「勉強などしてませんが、本屋なんかではつい『ジュリスト』のような専門雑誌を手に取って立ち読みしてしまいますね。癖になってます」

黒頭は午後四時近く、タキシードに似た店の制服に着替えてホールに下りてくると大原をつかまえて、

「大原君、〈クラブ・ダイナ〉の石渡さんに用があって行ってくる。すぐもどると思うが、支配人が出てきたら伝えておいてくれ」と言い残した。

ビルの一、二階にまたがる〈クラブ・ダイナ〉に入ると、一階のボックス席を見回っているスタッ

フに挨拶して、奥のエスカレーターで二階に上がった。そこにいた黒服姿の石渡が頷いて奥のボックス席を指す。座りながら、

「どうだ、キャバレーの入りは?」と訊いてきた。いつものように床屋でひげを当たってきたばかりの頬にタルカムパウダーの匂いが漂っている。石渡が出勤前、ススキノの外れにある〈浜屋《はまや》理髪店〉で髪を整え、ひげを剃ってもらうのは二十年以上も前からの日課だ。

自分の生まれたススキノで愚連隊同様の生活を送っていた黒頭が、木村商事の〈クラブ麗〉に拾われたのは昭和四十四年のことだ。店長だった石渡にクラブの黒服としてのすべてを仕込まれたが、石渡は服装やマナーには特にうるさかった。「客や女どもにみっともない姿を見せるな」とよく言われたことが、今の黒頭のスタイルの基本となっている。

「ええ、お祭りが近づくにつれ、盛り上がってますよ」と腰を下ろして軽く頭を下げながら「早速ですが実はお願いがありまして」

「珍しいな。なんだ」

「中川組の親分に橋渡しをお願いしたいんです。浜屋の床屋ではいつも一緒で顔が利くようですから。いえ、実際に会いたいのは多門比奈子なんですが」

「うん、平安興業の株主総会が月末にあるそうだな」

「そのからみでしょうが、多門が組のファイナンス会社から借りた借金については話がついてるだろうが、地元の組への挨拶を忘れているんじゃないか、と言われたそうです」

「中川組長がそう言ってるのか」

「いや、それはどうか分かりませんが、言ってきたのは平安興業の総務課長だった南雲という男です」

「そいつの親分は四代目の舎弟分だったな」

「ええ、多門がその親分とつながっていた。四代目が殺された時、そばにいて命拾いしたが、今は車椅子で組の采配を振っている。やくざの世界も身障者にやさしいとかで」

「笑っちまうよな」と石渡は頬を緩めた。「それで君は比奈子に付き添って会うつもりなんだろうな」

「ええ、後見人みたいなもんですから。会えば誰が仕掛けた話なのか分かるでしょう」

「俺と違って組長は毎日床屋に来るわけではない。週に一度か二度だ。それもリスクを避けて規則的には来ない。いつ来るかは浜屋の親仁が一番よく知っている。親仁に訊いて俺が段取りを付けよう。君に連絡するよ」


黒頭は先にタクシーを降りてドアに手をかけ、グレイのパンツスーツを着てハンドバッグを持った比奈子が尻をシートからずらして降りるのを待っていた。黒頭が石渡に会ってから四日たった十二日月曜の昼ごろ、石渡から今日会えるぞと電話があったのだ。この辺りはススキノの区域とはいえ市電西線の電車通りに近く、飲食店もあまり目立たない。札幌では条丁目通の間にある仲通と呼ぶ小路にタクシーを停めたが、一軒の飲み屋もなくて低いビルの間に普通の住宅と商店や倉庫が並ぶだけだ。

向かい側の歩道をまたいで、黒塗りのトヨタ・センチュリーと白っぽいランドクルーザーが前後して駐車して狭い道路にはばかっている。その前の古い木造の二階家は一階のガラス戸が閉じられ、わきに二階への階段がついていた。その前に赤・白・青の縞のサインポールが回っているので理髪店があると分かるが、看板も何も付いてない。二人の若い男がその付近をぶらぶらしていて、煙草を吸っていた一人が吸殻を捨てて踏み消し黒頭を迎えた。

「午後二時の約束で伺った黒頭です」と言うと頷いて階段を上って行った。すぐどたどたという音をたてて下りてくると「いいぞ、上がってくれ」と上に顎をしゃくった。狭く急な階段を黒頭は後ろから比奈子の腰に手を当てて支えながら上がって行く。

二階の廊下の前に半分カーテンで隠したガラス戸があり、〝浜屋理髪店〟と書いてあった。その前にいたごつい体格の男がズボンに突っ込んだ手の片方を出してガラス戸を引き開け、二人を中に入れてくれた。

バーバー椅子が二脚並んだ狭い店だ。「親仁さん、しばらくです」とまず挨拶した黒頭に、マスクをかけて立っていた浜屋が黙って頷いた。奥のバーバー椅子が斜めに倒され、髪に白髪が目立つ中川秀郷が顔に蒸しタオルを当てて座っていた。その斜め後ろから比奈子が、

「親分さんには初めてお目にかかりますが、多門比奈子と申します」と声をかけ、

「木村商事の黒頭です」と黒頭も挨拶した。

中川は蒸しタオルの中で何か声を出し、親仁がタオルを取ったので、

「石渡さんから電話をもらってよ」という言葉になった。親仁がブラシで石鹸の泡を中川の顎から頬へと塗りたくる。が、かまわずに比奈子に話しかけた。

「まず訊くが、お前さんは平安興業という会社とは完全に縁がなくなったんだね」

「はい、名前は残っていますが、二十九日の総会でそれも消えます」

「それなのに静岡のが俺に挨拶したらどうかと言ってきたわけだな」

「私に言ってきたのは組の幹部だという南雲という男です」

「ほう、そうか……」としゃべる中川の言葉の合間に親仁は剃刀でひげを剃り始めている。

「親分さんはうちの多門をご存知でしたか」と訊くと、中川は途切れ途切れの言葉で、

「いや、知らんな。だが会ったことはある。といってもすれ違ったようなもんだね、あるところで。俺はこいつが多門の伯父貴かと横目で見た。相手もこの野郎が中川の秀か、と見ていた」

「そうすると、平安興業の経営とかにはなんの関わりもなかったわけですね」

「そうだ。だから会っても何もしゃべらなかったんだな。しゃべると面倒になる」

「向うはひとの縄張《しま》りで勝手にしのいでるわけですからね。本来なら黙って見逃せない」と黒頭が口をはさむと、

「そっちの人は俺らの物言いをよく知ってるようだな」と黒頭にちらりと目を走らせ「それなのにお前さんが挨拶にくるというので、どういうことかと考えていたところよ」

「それではご挨拶の決まった口上も必要ないわけで、私が親分さんにお会いしたことが先方様に分かればいいということですわね」

「親仁、俺の名刺を出してくれ」と言われた親仁が剃刀を置いてハンガーに掛けたジャケットのポケットから名刺入れを抜いて、白い刈布の下から両手をもぞもぞと出した中川に渡した。何か書くものをというジェスチャーに応えて親仁がボールペンを握らせると、中川は抜き出した名刺に何やら書きつけた。親仁がそれを持ってきて比奈子に渡した。黒頭が見ると、銀色に盛り上げた活字で名前だけを入れた名刺に花押のようなサインが書かれてある。

「それを南雲というやつへ送ってやってくれ」

「有り難うございます、親分さん」と比奈子が押し戴いて頭を下げた。

「お前さん、スナックをやってるんだってな。多門の名前をしょってりゃ、銀行筋などいろいろと面倒なこともあるだろ。俺が力になるぞ」

「近頃の景気に助けられて、商売はなんとかやれてます。ご心配いただいて有り難うございます」

6

〈ニュータイガー〉の営業が終わってから、黒頭はショー担当主任の大原らスタッフ四人ばかりを連れて、店から歩いて二分もかからないビルの地下の居酒屋〈金田村《きんたむら》〉にやってきた。ここはススキノでバンドが華やかだった頃はバンドマンたちが〝たむきん〟と呼ぶ溜り場だったが、今はもっぱら黒服たちが深夜に集まってくる。

店の中央にある大きなテーブルに〈クラブ麗〉の三森店長が珍しく一人で飲んでいる。そのそばに黒頭たちも陣取った。大原たちがそれぞれ酒やビールを頼み、黒頭が焼とりや刺身の盛り合わせなどを注文した。知った顔を見つけ手を上げて挨拶している。店内のテーブルにはまだ空きがあった。まず飲み物が運ばれ、黒頭もウーロン茶に氷を入れたグラスを上げて乾杯した。

黒頭は部下の黒服に何やら講釈している大原にちらりと目を遣りながら隣の三森に小声で、

「彼女、どうしました」と訊いた。

「今日から出てきたよ」

「そうですか。どんな様子です」

「いつもと変わりないな。三分の一ほど残っていたバランタインのボトルをほとんど一人で開けてお客にあきれられていた。ママも気にしていたが、それを見て安心したようだ」

「働かなくとも、医療事務のスクールに通うぐらいの金はできたのにね」

「あの金はすぐ貯金したようだ」と喉の奥で笑った。びっくりした顔の黒頭に「ママは帰りがけにあの子、ものになるかも、と俺に言っていた。かつての比奈子みたいにね、だってよ」

「スクールにはちゃんと通っているんでしょうね」

「真面目に通っているようだな」

「なら安心だ。医療事務の資格取ってほしいな」と言いながら、黒頭は目の隅で石渡が店に入ってくるのを捉えた。その姿を目で追う黒頭に、石渡が手を振りながら壁際のテーブル席に座った。黒頭が頭を下げると大原たちも気づいて、一斉にお疲れさまですと石渡に声をかけた。

　黒頭はテーブルの上の焼とりなどをつまみながら大原たちと話していたが、石渡がくつろいだ様子を見せると、立ち上がって石渡のそばに行った。「本日はお世話になりました」と挨拶して向かい合って座る。グレイのチェックのスーツを着た石渡は、いつものようにぬる燗の銚子とこの店の定番の卵焼を前にしている。ゆっくりと盃を口に運んで、

「お前に電話をもらったが、その後、浜屋んとこに行って親仁からも話を聞いたよ」

「親仁さんはなんと言ってましたか」

「うまく収まるんじゃないのか、という見方のようだ。しかし、お前は今回の仕掛けをどう見る？」

「電話では話せませんでしたが、あれは南雲一人の芝居だと思いますね。あいつは比奈子に平安興業から追ん出された。やくざも会社に入れれば社長が絶対の権力を持つ親分だ。平安興業は南雲にとって有力なしのぎだったのが、簡単に取り上げられてしまった。総会になんらかのトラブルがあれば、やはり平安興業は天道組と縁が切れないのか、と見られる」

「だが、利権を取りもどすことはできないよ」

「そうです。だから南雲の腹いせの仕掛けだというんです。南雲は株を持ってませんから、総会

に乗り込むわけにはいかない。しかし、地元の中川組ならいろいろやれることがある。平安興業に刺さり込める可能性もないわけじゃない。が、中川組長はそれに乗らなかった。利用されるのはご免だと腹を立てて、比奈子に名刺を送らせたんだと思います」

「俺も同じ見方だ。ヤバいところに俺を巻き込むなというサインを送ったんだな」

「石渡さんは組長に電話してますね」

「比奈子に会ってやってくれと頼んだだけだ。組長は平安興業についての情報はさすがに俺より詳しいようだったからな」

「今回、比奈子は組長に助けられたと思っているはずです。株主総会でまともな会社が生まれますからね」と言った黒頭がためらいがちな口調で続けた。

「実は急に気になり始めたことなんですがね。組長が石渡さんと同じ冴えない場末の床屋に行っていることです。お客は昔からのわずかな常連ばかりで、それもだんだん少なくなっているような店です。前は不思議とも思わずにいましたが、なぜなんです」

石渡はしばらく黙っていたが、手をあげて絣の半てんを着た女性従業員を呼んだ。

「猪口をもう一つ持ってきてくれ」と頼み、運ばれた小さな盃を黒頭の前に置く。

「飲んでみろ。飲んだら教えてやる」と言った。

注がれた盃を黒頭が手にして飲み干した。

「お前がそうして飲んでいた頃の古い話だ。だから、飲ませたのよ」とまた酒を注ぎ、また黒頭が飲んだ。

「どうだ。酒の味は?」と訊かれて、

「別に。美味いとも不味いとも感じませんね」と平然としている。

「スタンドバーをやっていた麗子ママが昭和四十二年にクラブを始めた時、俺が店長を頼まれて入った。お前がくる二年前のことだ。中川は俺が辞めた前の店にちょっといたんだ。俺より五つほど年下で、俺は秀、秀と呼んでいた。俺が移ってから一年ほどしてから、彼はある事件に巻き込まれて俺のところに相談に来た。俺は東京に行くよう勧めた。逃がしてやったと言っていいのかな。以後、消息知れずだったが、やくざになっていたんだな。それから十年余り、天道組が北海道に進出してきた。当初は中川組という名前ではなかったが、幹部に中川秀郷という覚えのある名前を聞いた。俺は知らんふりしていたが、一年ほどして浜屋のところに彼が顔を見せたんだ」

「そうでしたか。昔から知っていたんですね」

「同じ床屋に来てるだけだ。顔を合わせればひと言かふた言、言葉を交わすが、世界が違うからな、あまり話すことはない。彼も床屋にいるわずかな時間は、やくざになる前の気分にもどってるんだろうよ」

黒頭は卵焼を箸で切る石渡の手元を見ている。石渡が顔を上げて言った。

「浜屋の親仁が比奈子のことを言っていた。若いのに腹がすわっているというのか、物おじせずに大したもんだ、とな」

黒頭はちょっと考え込んだが、ふっと微笑を浮かべながら、

「あいつは平安興業を守るのに必死だったんです。多門から『俺の創った会社を頼むぞ』と受け継いだと思っていたから。だから怖いものなどなかったんでしょう」

師走の別れ

I

平成元年の師走は葬式に始まった。黒頭悠介《くろずゆうすけ》が子供の時から知っている暴力団和田《わだ》組の幹部、燕沢政次《つばめざわまさじ》が二日に急死したのだ。賭博罪で三年間服役した月形《つきがた》刑務所を出所してひと月余り、蜘蛛膜下出血で意識がもどらず亡くなったのだという。黒頭は亡くなったことを知らず、ススキノの外れの禅寺、万徳寺《まんとくじ》で六日夜に通夜が行われるのを聞いて、初めてその死を知った。

しかし、やくざたちに交じって大っぴらに葬儀に参列するわけにはいかなかった。木村《きむら》商事では、キャバレー〈ニュータイガー〉に組員を客として迎えることは構わなかったが、黒服ら社員が組員と付き合ったり、組事務所に出入りすることは固く禁じていた。七日の告別式はもちろん、夜の勤務を休んで通夜に出ることもできない。黒頭は通夜のまだ始まらない六日午後四時近く、万徳寺に出かけた。

黒頭は燕沢が出所したことは聞いていたが、事務所に訪ねることもできずにいるうち十一月初め、燕沢が〈ニュータイガー〉に顔を出した。その夜、黒頭が五階の事務室に用があって行っていると、上がって来た黒服の一人が「サブマネ、和田組の燕沢さんが下のカウンターに来てますよ」と知らせた。

戦後、ススキノをいち早く縄張りに押さえた和田組は、第一の生業が賭博だった。オイル・ショック以後の不景気で大貫家《おおぬきや》連合傘下となったが、依然としてススキノの違法カジノの運営に関わるなどしのぎの手段にしている。ちょうど三年前の昭和六十一年秋、ススキノの民家で開いた賭場の客が殺されたことがきっかけで賭博開帳が明るみに出て、貸元の燕沢は賭博場開帳図利罪で懲役三年の判決を受けた。そして、この事件に黒頭が関わっているかのような記事が道内の雑誌に載ったことで、黒頭は一時は課長職から係長職に降格されたこともあったのだった。

黒頭が四階に下りると、幅三〇センチほどのパネルを斜めに並べて立てた衝立でホール客席と隔てたバーカウンターのストゥールに、燕沢は独りで座ってバー・チーフと話していた。いつもはビールを飲むのに、カウンターに赤ワインのグラスがある。おや、という表情の黒頭にチーフは「私の付けでお祝いさせてもらいました」と言う。

「お勤め、ご苦労さんでした」と黒頭もまず挨拶した。

「いや、なんの。有り難うよ」と頷いた燕沢は横幅のある体を焦げ茶色のジャケットに包み、いつものように濃い緑色のサングラスをかけた顔色が少し蒼白く見える。白髪はだいぶ増えたようだ。左手首にはめたロレックスのデイトナの大きさが目立つ。それに目と留めて、

「やはり少しやせましたね、ツバさん」と言うと苦笑いして、

「うん、診断の結果、糖尿の数値は改善したが、血圧が相変わらず高いそうだ。今は冬のクローズになる前にと、せっせと芝生荒らしよ。少し日焼けがもどったかな」と言いながら、かたわらのマールボロのパックから一本抜いて銀むくのデュポンで火を点けた。

「今はゴルフも煙草も酒も何もかも有り難い。中にいても景気のよさは伝わってきたが、出てみて実感した。緒方《おがた》がよくやってくれていて、俺は言うことなしだ」と留守を預かっていた弟分の

名前を挙げた。それが燕沢に会った最後だった。

　門内の狭い万徳寺は駐車場も離れた場所にあった。その狭い構内に花輪があふれていた。門外に花輪を誇示するな、という札幌中《さっぽろなか》警察署の規制で全国の地名の入った豪華な花輪が重なりあっている。ススキノ交番の巡査が二人、門の前に立っているほか、二課の刑事らしい私服が煙草をくわえながら花輪をチェックし手帳に書きつけていた。

　会場には折り畳み椅子が並べられ、祭壇はすでに出来上がっていた。喪服を着た組員が時折出入りするほか、会場はまだがらんとしている。黒頭は祭壇の前に立った。白菊に囲まれた燕沢の写真はいつものレイバンのサングラスをかけ笑っている。ゴルフ場で撮ったものらしい。線香をあげお参りして、黒頭はなおも遺影を見上げていた。

　都通《みやこどお》りに〈黒頭履物店〉のあった黒頭の子供時代、燕沢は和田組の組長夫婦のお供でよく店に来ていた。黒頭の母親が芸者だった組長の妻と親しく、礼儀正しい若者だった燕沢を可愛がっていた記憶がある。その後、燕沢は出世して〝つばくろの政〟と呼ばれる幹部になった。

「その写真が気に入っていたんでよ、遺影に使ったんだ」という声がわきから聞こえ、見ると燕沢の弟分の緒方が立っていた。まだ三十代で燕沢と対照的に顔も体つきもシャープな外見だ。

「組では貫禄がなくおかしいという意見もあったが、俺の考えを通さしてもらった」

　黒頭は頭を下げながら「こんな時間で不調法なことですが、夜の勤務なもので」と言うと、

「木村社長の俺たちに対する考えは分かってる。明日の告別に来るのはなお悪いだろうから、今日いまの時間しかない。来てくれて有り難う」と緒方も軽く頭を下げ「兄貴はお前のお袋さんにずいぶんよくしてもらったと言っていたよ」

「禅宗なんですか」

「宗派なんかあるものか。兄貴は東京の戦災孤児だ。旧制中学を放り出されてろくな職にありつけず、十七、八で先代の源一《げんいち》親分に拾われた。組のため四度もお勤めをしたが、俺は孤児としては恵まれている、と言っていた」

「突然でしたね」

「うん、本人も意識のないまま逝った。享年五十七だ。俺たちはふだんは医者にかからねえからな。兄貴も今回刑務所《むしょ》に入る前と出た後に検診を受けたのが珍しいことだった」

薄暗くなりかけたススキノを歩いて通夜の会場から会社に帰ると、黒頭は制服の黒服に着替えてホール内のチェックに当たっている早番のスタッフたちに加わる。やがて四時半出勤の遅番の黒服も出て来て、赤羽浩一《あかばねこういち》支配人の点呼が行われた。その後、ステージに近いボックス席で従食と呼ばれるスタッフ用の弁当で夕食を摂った。黒頭はいつもより無口で箸を動かしていた。

2

燕沢の通夜から一週間後の十三日、ホールでの従食を摂った後、五階の事務室に上がってスタッフのデスクに向かっていた黒頭がふと目を上げると、社長室から麗子《れいこ》が出て来た。黒頭がいるのに気がつくと、狭い配置の机の間をすり抜けて黒頭の方にやってくる。わきにミンクの和服用のコートとバッグを抱えていた。

「ママ、今日は早いですね」と言うと、黒頭の前の椅子の汚れを警戒しながら座って、

「これからお客さんと食事の約束があるの。その後、同伴出勤よ」とホステスになったような言

い方をした。何か楽しいことでもあったような表情だ。十月に四十八歳になったばかりだが、明るいところでもあまりしわの目立たない目尻や額のあたりのメークをじろじろ見ながら、

「社長から何かいい話でもあったんですか」と黒頭が冷やかすように言った。麗子は頬を引き締めるような表情で見つめながら、

「サブマネ、三森《みつもり》が年末で退社すると言ってるの」

「え？　店長が……。本当ですか」と黒頭が驚いて訊きなおした。

「昨夜私には何も言ってなかったけど、昼に社長のところに来たそうよ」

「突然だなあ。私とはついこの間も、ホステスのスカウトのことでいろいろ話したばかりなんです。辞めてどうするんですかね」

「故郷に帰るそう。彼はずっと北の方の出身で」

「ええ、北見枝幸《きたみえさし》のそばの歌登《うたのぼり》の生まれで、家は酪農家のはずです」

「そう、その酪農を継ぐと言うのよ。それで彼女を連れて帰って向うで式を挙げるそう。私、どんな女性か知らないけど。サブマネは会ったことあるかい」

「ええ、一美《かずみ》さんといいましてね。ニューヨークの服飾メーカーの直営店で、カリスマ店員と言われている人ですよ。がっちりした体格の、と言えば女性には失礼だけど、うん、なるほど酪農向きか」

「それで、新年早々からお前に店長をやってもらう。今度は逃げられないよ」

「別に逃げる気などありません、決まったら喜んでやらせていただきます」

その夜、キャバレーの勤務に就いている黒頭に、〈クラブ麗〉の次席の服部光毅《はっとりみつき》が電話を掛けてきた。レジで電話を取る黒頭に、

「お忙しいところをすみませんが、サブマネ。〈マリリン〉にアフターのカラオケを交渉していただけませんか」と低い声で頼んできた。

「なに、万札カラオケか。例の証券のおじさんだろ？」

「その通りで。あの人は女の子たちが歌うのを聴くのが趣味なんで」

スナック〈マリリン〉は、かつて〈黒頭履物店〉のあった場所に建ったビルの地下にあり、〈クラブ麗〉のホステスだった女性がママとなっている。地下なので、営業が終わってビルの表玄関が閉まると、カラオケをじゃんじゃん鳴らしても外には音が漏れず朝までやれる。黒頭たちも勤務が終わってから、ホステスたちを連れてよく来ていたが、万札カラオケと呼んでいる遊びはそれとは全然違う。スナックの壁にセロテープで一万円札をずらりとくっつけて、一曲歌うと一万円札を剥がして自分のものにできるという仕組みだ。朝までぶっ続け歌ってやっと百万円ぐらいだから、変わった金の使い道に苦労しているスポンサーにしてみれば安い遊びだ。壁に余ったお札はママのものということで、ママも喜んで場所を貸してくれるのだ。

「うん、ママに言っておく。しばらくやっていなかったから喜ぶだろうよ」

「ヘルプの若い子たち四、五人が参加しますが、サブマネもどうです？」

「遠慮しておく。俺は持ち歌が少ないからな。もっともその方が周りに喜ばれるが」

「サブマネはいまや『雪国』オンリーですか」と服部が笑った。

「ところで服部君。極秘情報だが、今日三森店長が社長に今月末で退社させてほしいと申し出たそうだ」

服部は驚いて言葉もない。

「辞めて歌登に帰るそうだ」

「そうですか。この頃やたら彼女とデートしているようなので、おめでたが近いのかな、なんて思ってました。カラオケ誘ってみましょうか。ひょっとして明かしてくれるかも」

「うん、そうしてみろ。店長は俺と違って持ち歌豊富だ」

忘年会シーズンで〈ニュータイガー〉は満席状態が続いていた。エレベーター・ロビーには予約なしでボックス席の空くのを待つ客も交じって人があふれていた。クロークにはアルバイトを増やして配置し、レジには階上の経理係が応援に張り付いている。テーブルに客を割り振るテーブルポーター役の赤羽支配人をホール担当の副主任が補佐していた。

ホール内に軍艦マーチが鳴り響く。ダンスミュージックのステージの最中にやられると、お客はマーチでは踊れないので自分の席にもどらざるを得ない。これをきっかけに客の入れ替えをやるのだ。入れ替えが一段落すると、二回目のショータイムになり、この週は松竹歌劇団《エスケーデー》ふうのラインダンスを従えた人気歌手が出演していた。

帰る客をエレベーターで見送ってホールにもどってゆくホステスに黒頭が声をかけた。

「千晶《ちあき》ちゃん、どうした。元気がないな」と言いながら立ちふさがるようにそばに立った。

千晶は俯いていた顔を上げた。

「あ、サブマネ……」と言うが、笑顔にはならない。赤っぽく染めた髪が大きな襟ぐりの胸にかかり、スカート丈が足首まであるドレスを着ている。

「君、顔色が悪いな。具合でも悪いのか」

「いいえ、大丈夫です。大丈夫」と言い残してホール内に消えた。

それがなんとなく気になっていた黒頭が、たまたまロビーに出て来たホステス担当の梶川貴之《かじかわたかゆき》主任を捉まえて「おい、千晶の担当は誰だ」と訊いたのは、スタッフに三十人ほどずつホステスを割り当てて責任を持たせているからだ。

「うちの副主任だったと思いますが、どうかしましたか」

「何か元気がなくておかしいなと思ったのだ。あいつはいつも能天気に明るかったはずだが」

「いや、そうかと思えばしょんぼりして、振幅の大きい子ですよ。あとで本人と話してみます」

と言っていた梶川が、十一時近くになって黒頭のそばにやってきた。

「サブマネ、千晶と話しました。店を辞めると言ってます」

「何かあったのか」

「国保がどうのと言ってましたが、要領を得ないので看板になったら一緒に飯を食うことにしてきました。サブマネも来て下さい」

営業が終わって指定された居酒屋に行ってみると、梶川が千晶とテーブルに向かい合って座っている。「お疲れさん」と言いながら、黒頭はキルティングの半コートを脱ぎ、ツイードのジャケット姿で梶川と並んで座った。千晶は長い髪を後ろに束ね、濃い紫色のセーターにミニスカートをはいている。キャバレーのような大バコの店に映える目鼻立ちのはっきりした顔だ。

「ご心配かけてすみません、サブマネ」と頭を下げた。

「料理は刺身や焼とりを適当に盛り合わせて頼んであります。千晶と同じ熱い烏龍茶でもとりますか」と言う梶川に「うん、それでいい」と頷く。飲み物が来ると、梶川のビールのジョッキと合わせ、お疲れ様、と乾杯した。

「千晶はね、国民健康保険の保険料を滞納してどうにもならんことになってるって言うんですよ」

「国保料？　どのくらい滞納してるんだ」

「実は三年ほど払ってないんです」

さらりとした言い方に、黒頭がえっという表情で、

「それじゃ、保険証取り上げられたろう。どうしてるんだ」

「どうしてるって。私、病気しないから」

注文していた料理がテーブルに並べられた。黒頭は焼とりの串を取り上げながら、辺りで賑やかにやっている男女のグループを見回した。気を取り直したように、

「君はうちの店でも中の上クラスのはずだ。保証は二万四、五千円はいってるだろ。一月に会社から貰う確定申告の数字はいくらになってるんだ」

「そうね。八百五十万円ほどだったわ」

「うーん、そうなると保険料は最高限度までいくんだろうな」

「ええ、四十五万円だわ。六月から十回の分割納付なの」

「それを三年も溜めてんのか。よく差し押さえを食わねえもんだな」

「それが出てきたんで。話してみろ」と梶川が促した。千晶は箸を置いて、

「区役所に国保ヘルパーというのがいるのよ。国保料を自宅に集金に来てくれという人もいて、その集金に歩いてるんだけど、私のような滞納者の督促や相談に乗るのも仕事なのね。私もこれまで何度か自宅に来られて話したわ。少しずつでも払ってほしいみたいなことだったけど、先週来たら給料から差し押さえると言い出したのよ。それで、もうどうしようもないと」

「君、保険料は税金みたいなもんだ。店を辞めても逃げられないよ」

「でも、大阪までついてくるかしら」

また、えっという顔の黒頭に、

「実は札幌から大阪に行って働いているお友達がいるんだけど、向うはとっても景気がいいらし

い。彼女に来ないかと誘われていたんで、連絡を取ってみたらすぐにでもおいでと言われて」

それで安心した表情になってまた箸をとった。梶川はお手上げのポーズだ。

「なあ、君。大阪がいくら景気がよくたって、すぐ今の給料が貰えるわけじゃないよ。君だって何年もかかってお客さんを増やして今の保証になったんだろ。俺が会社に相談して、いい方法を考えてやる。早まるなよ」と黒頭が念を押した。

3

翌日の十四日木曜の昼近く、黒頭と梶川は木村商事の五階事務室にそろってやって来た。奥では経理担当の社員たちが忙しそうに電卓を叩いている。キャバレーとクラブ、それぞれ違ったシステムでホステスの給料を月に二度払うのだから、その計算業務は追われるような毎日だ。黒頭はそこへ行って「すみません、姫野《ひめの》さん、ちょっと来ていただけませんか」と、経理主任の女性に頭を下げ、スタッフ席の方へ呼んだ。

姫野敏江《としえ》は木村社長が古巣の道都信金から十数年前に入れた五十歳近い社員だ。白いブラウスに紺のカーディガンを羽織った小柄な女性で、眼鏡を外しながら黒頭の前に座った。

「実は千晶というホステスが、三年も国保の保険料を滞納して給料の差し押さえを食いそうだというんですよ。それで店辞めて本州に逃亡《トンズラ》するなんてバカなことを言い出したんです」

「保険料は最高限度まで行ってますから、結構な金額です」と梶川が付け足す。

姫野は首を傾げながら席を立って経理にもどって行ったが、すぐファイルに挟んだホステスの

個人資料を持ってきた。眼鏡をかけ開いてみて目を通しながら、

「ええと、赤沢《あかざわ》千晶、石狩《いしかり》市出身の二十六歳。この子ね。よく稼いでいるけど、このところちょっと波があるわね。市民税なんかは滞納していないけど、国保を滞納してるんですって？　どうしてまた……」

「病院に行くことないからって。薬局で買う薬で風邪でもなんでも治るからと済ましたもんですよ。保険料払うのが無駄だと」と梶川が苦笑しながら言う。

「前はそういう豪傑が珍しくなかったわ。病気になってから国保に入ればいいんだろ、なんて言ってた。しかし、今は全員が入るのが原則だからそれは通用しない」

　黒頭も頷いて、

「私ら従業員は社会保険だから、どうも国保というものがピンとこなくてね。ホステスの一日の保証については詳しいが、自分で確定申告をやっていないから税金の関係も疎いんだ。毎年一月の全員点呼では、支配人が必ず確定申告をするように、と演説しているが、それを聞いているわれわれ黒服は、関係ないと思っている。ホステスは給料でなく報酬だと聞いたが」

「サブマネが分からないんじゃ困るわね。報酬には弁護士、税理士、それに競馬の騎手までそれぞれ種類があって、クラブやキャバレーでお客のそばに座って接待する女性がもらうのがホステス報酬よ。建前上お客のそばに座れないスナックの女性は、税務上はホステスとは言わないから給料なの」

「そのホステス報酬の税金はどうなってるの」

「会社では、一日の保証や指名料から経費の目安として五千円を控除して、その残りの数字の一〇％を天引きしてからホステスに渡す。うちは月二回だけど。会社ではこの天引きした所得税

を毎月税務署に納付する」

「クラブが毎月そんな面倒なことやってますかね」と黒頭が薄ら笑いで言うと、

「それをちゃんとやらないクラブが多くて、脱税で摘発されるのよ。納付しなくても、その一〇％分は店に残ってあるはずなのに使ってしまっている。ま、二、三年したら店を畳んでしまえばウヤムヤだと思ってるのね。それで会社では年末にその年の分を締めて、一月に従業員に源泉徴収票を渡すのと同様に、ホステスには支払金額と源泉徴収額を記載した報酬料金支払調書を渡す。それと同じものを三十一日まで税務署に報告する」と資料を閉じて眼鏡を外した。

「さて、ホステスの方はこれで確定申告するわけだけど、必要経費を見なきゃならない。税務署では職種による経費率をこっそり決めているんだけど、ホステスは三〇％を目安にしているようね。だから、衣装代、美容院代、化粧品代、タクシー代などを三〇％の範囲で列挙して、残り七〇％から医療費や年金などを引いた所得額を申告する。税務署ではこれを見て足りなければ追加徴収、納め過ぎなら還付ということになるが、うちでも報酬の少ないホステスは確実に還付になるから、税務署は申告しなくとも知らんふり。逆に千晶さんくらいの報酬の子にはうるさいわ。地域の青色申告の会に入れば事務局がうまくやってくれるよ、と私は入会を勧めてるけど」

「うちでも豊臣《とよとみ》や西陣《にしじん》のように何千万円も貰うナンバー・クラスのホステスは専属の税理士事務所がやってくれるから楽だが、千晶クラスは大変だな。それで国保の保険料の基礎になる収入はどれなんだ」

「国保料は収入でなく、さっき言った所得額で決まるのよ。千晶さんの場合、五百万円をくだらない所得基準になるだろうから、最高限度額に達すると思います」

「それで彼女になんとか滞納を解消する手立てがないものかと思いましてね」

「その気があるならなんとか考えないと。でも、こう言っちゃ悪いけど、ホステスさんは稼ぐだけ稼いで後のことを全然考えない人が多いのよね」

「あの子は人がいいというのか」と梶川が笑った。「場内指名の子に頼まれれば売上げを簡単にオーケーするからね。あんまり自分の稼ぎにこだわらない子です」

キャバレーに客が来て馴染みのホステスを指名した場合、ホステスは客の払う二千四百円の指名料のうち二千円がもらえるほか、そのテーブルの売上げが自分の実績にカウントされる。ところが、客の連れて来た仲間がヘルプについたホステスを気に入って指名することを場内指名というい、そのホステスにも指名料が入る。テーブルの売上げを分けることも認められるが、これは本指名のホステスの同意が必要だ。たいていの子は同意せずにタクシーチケットを渡したりチップの一部を摑ませる程度だが、千晶は頼まれれば気軽に売上げも折半するのだという。

「なるほど。それでよくやってるよ」と黒頭は感心して「ところで姫野さん、月二回の給料から一定額を天引きしてもらって彼女の滞納分に充てることはできるでしょ」

「天引きした分を会社で区役所に収めてくれというの。そんなことやってられないわ。千晶さんに渡したら、区役所に収めず使っちゃうだけじゃないの。解決しないわよ」

三人は声を合わせて笑ってしまった。

「国保ヘルパーに毎月集金に来てもらってもいいですか。ヘルパーは自分の実績になるから喜んで来るでしょう」

「サブマネがそう言うなら、仕方ないわね」

4

十六日土曜日、ホール内をチェックしている早番の黒服を見守っていた黒頭のそばに梶川がやって来た。

「千晶のことですが、ご報告が遅れてしまいました」

「うん、一昨日十四日、店で見かけたが、何か俺を避けてるようでな。そしたら昨日、部長のところに社長あての退職願が届いた。部長はホステスでこんなふうにきちんと退職願を書いてくるのは珍しい、と感心して見せてくれたが、そんなのどうでもいいことだ。姫野さんにはちょっと嫌味を言われたよ。千晶は昨日は店に出なかったようだな」

「ええ、十四日が最後でした。あの日の姫野さんとの約束を千晶に伝えたんですが、彼女は大阪行きをもうすっかり決めていましてね。国保の支払いなどどうでもいい感じ。昨日朝、もう一度話そうと電話したら、この電話は使われていません、という状態でした。アパートまでタクシーを飛ばしてみたら、部屋は引き払ってどこかへ越してしまったようです」

「このまま辞めてしまうのか」と黒頭は腕組みして立ちつくしていた。

その日の午後九時近くに黒頭は〈クラブ麗〉に顔を出した。黒頭は道内各地の水産関係者に上客を持っているが、そうした地方の客がクラブに来てくれたのでお礼の挨拶に足を運んだのだ。オホーツク海南部の漁協の組合長四人で、香港《ホンコン》のホタテの貝柱相場を仕切っているといわれる神戸《こうべ》の中国人六人のシンジケート〈白扇会《はくせんかい》〉に年末の挨拶に行ってきた帰り、札幌で息抜きしようと立ち寄ったのだという。

黒頭は日焼けした四人に来店のお礼を言うと「神戸の方はいかがでしたか」と訊いてみる。

「香港も景気がよくてな。だんだんあっちの人たちも贅沢になってきたもんだな。うちらのように外海育ちの大粒のものは相場の値段も上々だ」

「んだ、んだ。あとはよその粒のちゃっこい貝柱をぶつけられて相場を崩されねえように警戒するだけよ」とみな上機嫌だ。リーダー格の組合長が持ち前の大きな声で、

「ところで、黒頭君よ。ここはママは美人過ぎるし、女たちもツンとして俺たちにはどうも窮屈だ。〈ニュータイガー〉に席取れねもんかな」と隣の麗子に脚を蹴飛ばされながら言っている。

「かしこまりました。二回目のショーに間に合うようお迎えに参ります」

黒頭はレジに行って電話でホール担当の日下聡《くさかさとし》主任に、ボックス席の空きをなんとか作ってくれと指示した。

「よっ、お疲れ」と三森店長が黒頭の肩を叩いた。黒頭も頭を下げ、一緒にソーダファウンテンの前にある衝立の陰に入った。

「聞いてるだろ、サブマネ」と並んだ黒頭の顔を見ずに言う。

「ええ、突然でびっくりしました」

「年末年始の慌ただしい時に引き継ぐんで申し訳ないと思っているんだ」

「いや、それは私が精いっぱい勤めさせてもらうだけのことですから。でも、よく彼女を酪農の仕事に説得しましたね」

三森は衝立の向うの客席を透かして見ながら肩を揺すって笑った。

「誰にも言っていなかったけど、一美は道東の酪農家の家に生まれている。摩周《ましゅう》湖なんかのある町だ。二人が出会ったころ、お互いの故郷のそんな話が出て、それがきっかけで親しくなったん

だ。一美はね、地元の農業高校で酪農科を卒業している。私はこんな齢になって彼女に家業をいろいろ教えてもらう立場よ」

黒頭も「それは凄い」と笑った。「親父さんも心強いし、ひと安心ですね」

「実は親父はいま七十五歳なんだけど、すっかり体が弱ってしまってね。それにもともと母親はあまり丈夫でないもんで」

「弟さんが跡を継いだと聞いていましたが」

「弟は地元の土木建設会社に勤めてんのよ。といっても、言ってみれば土木作業員みたいなもんで、あちこちの現場に行ったり来たりだ。家の仕事の手伝いはほとんどできない。もっぱら嫁さんが親父を手伝ってやってきたが、七十頭ものホルスタインを扱うのだから、親父が働けなくなったらやっていけないよ。だから私は歌登に帰る決心をしたんだ。一美も年齢から言って子どもを産むのはもう限界に近い。それで二人で決めた」


その夜の営業が終わると、黒頭は〈ニュータイガー〉のスタッフ四人ばかりを連れて、黒服の溜り場の居酒屋〈金田村《きんたむら》〉に食事に出かけた。馴染みの黒服たちがあふれる中で、中央の大テーブルに空きを見つけて陣取った。それぞれが注文した後、黒頭は壁際の席に一人でいる〈クラブ・ダイナ〉の石渡将《いしわたりすすむ》営業部長に気づいて、そばに挨拶に行った。

「お疲れさまです」と前の椅子に座った。石渡はピンストライプの濃紺のスリーピースを着て、いつものようにぬる燗の酒をゆっくり口に運んでいる。テーブルには卵焼と千切りの蒲鉾に辛子醤油をかけたスダレと呼ぶ店の定番の肴が並んでいる。

「おい、三森のこと、訊いたか」

「はい、石渡さんには店長から当然相談があったんでしょう?」

「ああ、相談というか、今週初め、決心したからと挨拶に来て行った」

「やっぱりススキノと酪農では仕事が違いすぎますよね。でも彼女がついて行ってくれるということで踏み切れたんでしょうね」

石渡は盃を口に運び、それからちょっと皮肉っぽい笑いを浮かべて言う。

「お前にはもちろん言わなかったろうけど、田舎に引っ込もうというのは札幌みたいなところにいるといろいろ面倒だからだ。あいつ、よく自衛隊の呼び出しだとかで店を突然休んでいたろう。前の勤務の関係だ」

「不発弾処理の仕事でしょう?」

「彼はあまり喋らないが、特殊な仕事なのでいつなんどき招集がかかるか分かんない。それでいつでも応じられるということを示すために、不意の呼び出しに駆けつけるわけだ」

「へえ、退職した隊員にそんな義務がありますかね」

「そうとしか考えられないよ。三森もまあそんなところです、と笑っていた。歌登は遠いからな、呼び出されることはない。ところで、君の店長就任は既定の事実のようだな。今日、木村社長に電話したら、認めていたよ。社長は私に何か話があるようなんで連絡したんだ。なんの話か見当もつかん」

「なんでしょうね。今度の人事の関係ではないでしょう」

5

「二十九日にクラブの終業に合わせて、お前の辞令交付をやる」と木村が言った。

十二月二十二日、黒頭は社長に呼ばれて五階の社長室で〈クラブ麗〉の店長の内示を受けていた。木村はパイプをくわえながら立ち上がって、黒頭が座ったソファのそばのアームチェアにやってきて腰を下ろす。

「ところで、お前が抜けた後だが、いわば属人的にあった副支配人というポストがなくなるわけだ。その後のホールの運営について何か意見があれば遠慮なく言ってみろ」

黒頭はちょっと考えるような表情を見せてから言う。

「いまうちのスタッフはホール、ホステス、ショーと三つの担当主任を置いているわけですが、それらを束ねるポストはやはり必要だと思いますね。赤羽支配人は確かに毎日の点呼で訓示するなどホール全体に責任を持っているかたちですが、営業中はお客をテーブルに割り振るというホール運営の基本になる仕事で余裕がありません。三つの担当に目配りできないでしょう。そして店長とわれわれ黒服の間は身分上も距離があり過ぎます」

「ということは中間に位置する副支配人は必要だというのか」

「名前は別としてですね。私が一時呼ばれた総括主任というかたちでもいいわけです。それによって長い間同じポストにいる主任三人も動かせるし、人事の停滞も少し解消されます」

「そうか、年明けには考えねばならんな」と木村はパイプを置いて「それから、ママが二十九日は営業を早く切り上げて、三森の送別会をやると言っている。お前も出た方がいい」

「はい、それは聞いております。急に辞められたので送別会の日程が取れなかったとかで」

「まあ、三森も悩んだ末のようだからな」

「石渡さんの話では、歌登の実家の事情とやらばかりでなく、自衛隊の御用にいわば嫌気がさしたようで。でも、不発弾処理のことで退職した隊員にお呼びがかかるもんですかねえ」

「なに、石渡がそう言っていたのか」と言いながら、アームチェアから後ろに体を乗り出してデスクの上のパイプの掃除ブラシを取った。

「いつでも駆けつけられるようにチェックされているそうで」

木村は首を傾げて軽く苦笑いを見せる。

「ふーん、そうか。三森は石渡にも本当のことはしゃべっていなかったのか。彼の身柄は私の信金時代の偉い先輩から預かったんだ。この人は戦争中は軍隊にいて、戦後も自衛隊の前身の時代からずっと勤めた」と言いながらパイプの皿を空にして、

「三森がちらっと話していたよ。不発弾処理班という肩書だが、実際はそれとは別に秘密のグループでいろんな爆弾の手造りを訓練でやらされていたそうだ。しかし、こうした経歴は危険だ。実際退職する時もちょっと揉めて、その先輩から私に身柄の保証の打診があったのだ。だから、どこかで過激派みたいなのが爆発騒ぎを起こすと、すかさず呼び出しがかかってそれまでの行動日程で身の潔白を説明させられる。年に一度は必ず呼ばれて出頭し、交友関係など身辺に問題がないことを報告する。ところがススキノで働いているのは信用がなくて、いつも厳しく追及されるらしい。それならいっそ田舎に引っ込んでしまった方がいい。呼び出されても、牛の世話があるので用があるならそっちから来い、と断るそうだ」

「でも、なんで爆弾を手造りするんですかねえ」

「うん、私も気になって考えてみたが、ゲリラ戦に備えているのだ。日本が外国の軍隊に占領された時に必要だ。ずっと先を見て万一に備え、技術を継承しているのだろうな」

「ああ、なるほど……」と黒頭は頷いた。そのまま黙って木村が切り離したパイプにワイヤーブラシを通してを掃除するのを眺めていたが、

「でも、社長。占領されたからってそんなことやりますかね。アメリカ軍に占領された時も、反抗して何かやったって聞いたことないですよ」

木村は顔を上げてからからと笑った。

「なるほど、お前の言う通りだ。戦争中に鬼畜米英の旗を振ってた偉いやつらが、真っ先に占領軍にすり寄って行ったからな。日本人は反抗などしない。爆弾なんか造るやつは占領軍でなく日本の警察がすぐ捕まえる」

社長室を出ると、経理主任の姫野と目が合った。姫野のそばに行って、

「姫野さん、千晶の件ではいろいろご迷惑をかけましたね」

「さっき、報酬をもらいに来てたわ」と姫野が眼鏡を外しながら言う。

黒頭たち従業員は二十五日が給料日で口座振込みだが、ホステスたちには七日と二十四日に現金で手渡す。この月は日曜と天皇誕生日が続いたのでこの日が支給日だった。

「十四日までの報酬と支払調書を渡した。どうせ申告なんかしないでしょうけど、うちは税務署には報告しなきゃならないからね。ああいうルーズなホステスさんには困るのよ。まあ、辞められても仕方ないわね」

「すみません、どうも……」と頭を下げてスタッフ席に行くと梶川が待っていた。

「千晶が来て行ったそうだな」

「ええ、辞めたものは仕方がないが、バタバタと引き払ってゆく感じでどうしたものか気になりましてね。山口《やまぐち》も心当たりないと言うし」とホステス担当副主任の名前を挙げて「ちゃんとした売上げを上げていましたからね。それがお客さんにもおそらくろくに挨拶せずに消える」

「金か、男か」

「どちらかと言えば、金でしょ。今日給料をもらって少し息をついた感じでした。でも、彼女、ちょっとパーなんじゃないですかね」と梶川は指で頭をつつく。

「うん、それで気になってるんだが、大阪で待ってる女友達というの、どんな商売なんだ」

「いや、それは聞いてません」

「住民登録も移さず転がり込むのを、全部引き受けてくれる。有り難い話というのがどうも気になるんだ」

6

祝日の二十三日、事務所のスタッフの席にいた黒頭に千晶が電話をかけてきた。

「サブマネ、明日夜の伊丹行きの安いチケットが取れたの。それで明日発つことに決めたわ」

「そうか。昨日、給料日で会社に来て梶川主任に会ったそうだな」

「ええ、サブマネにもひょっとしたら会えるかと思ったけど」

「これから来れないのか」

「もう時間がないの。いろいろ用意しなきゃならないし」

「ところで、大阪にいてお前を呼んでくれるという友達だけど、いま何をやってんだ」

「クラブにいると聞いてるわ。北新地の高級クラブだって。私、住民票移さずに行くからアパートを借りるのが面倒だと言ったら、それは心配ないというの」

「言っておくが、お前はうちの店で中堅のホステスとして鳴らしていたんだ。まともな店で、まともな勤めをしろよ。一度風俗へ線を越えたらもう簡単にはもどれないぞ」

「そんな、サブマネ。私はそんな仕事はしない。おかしいと思ったら断る」

「しかし、行き場所がなくて仕方なくなんてことにならんようにしろ。そんな時は札幌に帰ってこい」

「絶対きちんとした仕事をみつけるわ」

「明日はクリスマス・イヴだ。店は忙しいから俺はずっと会社にいる。出る前に必ず顔を出してくれ」

「ええ、分かりました」

「よし、約束だぞ」

翌日の二十四日、黒頭はクリスマス・イヴでピカピカに飾り立てられた〈ニュータイガー〉のホールにいた。ステージのわきには、いつもの年よりでかいとホステスたちが話すクリスマスツリーがありったけの種類のオーナメントをぶら下げ、色とりどりの電飾のランプが瞬いている。支配人の点呼が終わり、給食会社の社員が従食の弁当を運び込んできたところだ。外はみぞれ交じりの雪だと話している。バーカウンターに電話が来ていると呼ばれて、黒頭は急ぎ足でカウンターに向かい電話を取ると、千晶の声だった。

「サブマネ、千歳まで送ってくれる友達がいて、これから出るところなの」

「ひどい天気だと言ってるぞ。便は定時運航なのか」

「空港に確かめたら、遅れはあるけど伊丹《いたみ》便は飛ぶそうよ」

「おい、ここへ寄れ。顔見せろ」

「あと十分ぐらいでそこへ行けそう」

「よし、エレベーター入口で待ってるからな」

一階までの直通エレベーターを降りて狭いホールに出ると、もう暗くなった外は牡丹雪が凍結した道路に積もり、みぞれが降って路面をなお滑りやすくしている。向かいの飲食店ビルも、これからイヴの営業が始まるというのに入口付近に人影がない。待っていると、一台の車がビルの前に停まり、助手席の窓が開いて白い顔が見えた。黒頭はエレベーター・ホールのアクリルのドアを引き開けて外に飛び出した。

見ると、車は〝スカG〟と呼ぶにはあまりにもみすぼらしく落ちぶれたスカイラインだ。もとの色は不明だが、今はグレーらしい色に角ばった車体を統一して、フェンダーやドアの縁には錆の色を加えている。

千晶がドアを開けて降りて来た。十三日と同じ紫色のセーターにミニスカートで、黒いブーツを履いていた。長い髪を結んだ頭を深く下げて、

「サブマネ、最後の最後までお世話になりました。有り難うございます」

「分かった、分かった。中に入れ、風邪ひくぞ」

黒頭に腕を摑まれながら、千晶はタイガー・ビルを仰いだ。暗い空の下で五階の屋上の縁に付けた〝NEW TIGER〟の赤いネオンが煙って見える。

「サヨナラ、ニュータイガー……」と千晶が小さく叫んで黒頭に車に押し込まれた。

覗き込むと、運転しているのは車と一緒に落ちぶれたような若い男で、大切な女を抱きしめるようにハンドルを抱えて前方を凝視している。黒頭は内ポケットから出した餞別の袋を千晶に手渡した。千晶は受け取ってその厚みを感じながら「あ、こんなに……」と呟いた。両手で握りしめるようにして見ている。

「いま持ってるだけ詰め込んできた。役に立てろ」

「ありがと。私、お金欲しかった。なんにもなかったの。今月になってから、どうにもならなくなった……」

「俺たちはお前の困っているのを知らなかった。すまなかったな」

みぞれが黒頭の黒服の背中を濡らしている。大きなテーブルみたいに平らなスカイラインのボンネットに大粒のみぞれがバンバンと音をたて、その下でエンジンが対抗してボンボンとアイドリングにしては大き過ぎる音を鳴らしていた。

「おい、千晶。大阪で駄目だと思ったら〈ニュータイガー〉に帰ってこい。札幌で何があったとしても故郷ならやり直せるぞ。お前、電話をかけてこい。すぐ航空券送ってやるからな」

黒頭は腰をかがめて前輪のタイヤを調べた。札幌ではこの年、スパイクタイヤ規制条例が布かれたが、まだスパイクタイヤを履いているのを確かめると、

「今日はスタッドレスじゃ千歳まで行けない。いいぞ、気をつけて行けよ」

それが合図のように車は走りだした。黒頭は髪と頬を濡らしながら見送る。テールランプとブレーキランプと、スカイラインの赤い大きな丸が四つ、角を曲がって消えた。

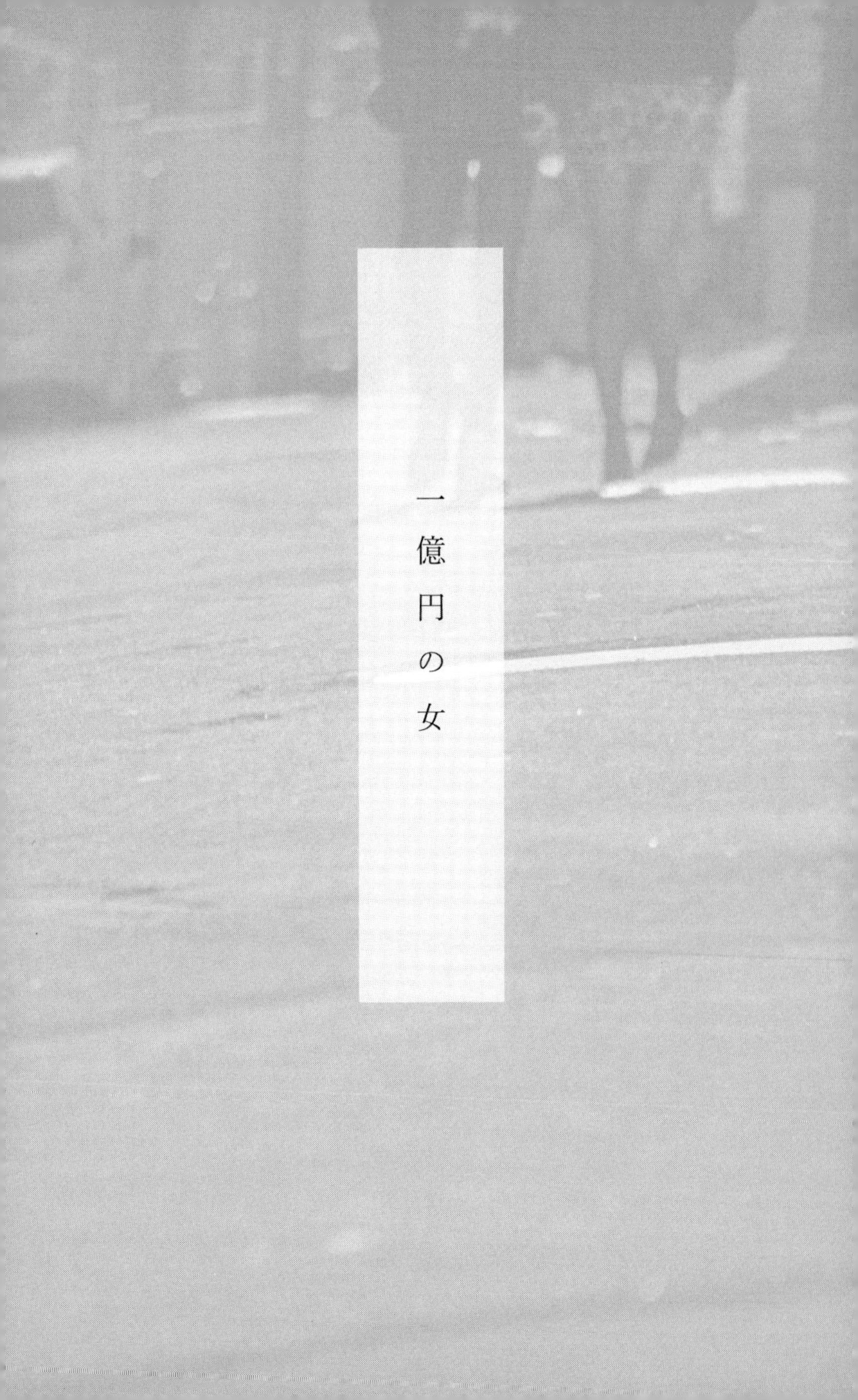

一億円の女

I

午後六時半過ぎ、黒頭悠介《くろずゆうすけ》は木村ビルの地下に下りて〈クラブ麗〉の通用口から入ってくると、正月でもなければ着ることのない黒いカシミアのコートを自分のロッカーにしまい込んだ。ロッカーの扉に付いた鏡を見ながら首にだらりと垂れていた黒いボウタイを結んでいる。辞めた三森《みつもり》敦《あつし》に代わってこの一月にキャバレーから〈クラブ麗〉の店長に異動し、八日の営業開始から四日目、十一日木曜のことだ。

黒頭がこのクラブで働くのは三度目だ。好きだったボクシングへの夢を断たれ、生まれ育ったススキノで自堕落な生活を過ごして二十歳になったばかりの昭和四十四年、木村満洲男《きむらますお》、麗子《れいこ》夫妻に「遊んでいないで働け」と拾われて入ったのが最初だ。五年後に〈ニュータイガー〉のオープンでキャバレーに移ってホステス担当を三年務め、また〈クラブ麗〉にもどった。入社以来ずっと黒頭を仕込んでくれていた店長の石渡将《いしわたりすすむ》が昭和五十七年に〈クラブ・ダイナ〉に営業部長として移籍した時に、黒頭もキャバレーの副支配人に抜擢されたのだった。通算十年間、このクラブに勤務していたから、今回のように急に店長を命じられても戸惑いはない。

ホールの方からやってきた次席の服部光毅《はっとりみつき》が「お早うございます、店長」と挨拶した。

「お早う。正月早々遅刻して悪いな。ちょっと野暮用でさ。点呼は済んだかい」

「はい、女は二十四名の出勤で、そのうち六名がいまグランド北海道へ出張サービスに出ています」

年末から新年にかけて、ホテルや会館での会合にススキノのクラブにはほぼ毎晩のようにホステスの派遣要請がある。バンケッタと呼ぶ接待女性をパーティーに派遣する会社も、それぞれ人数と質を競っているが、やはり和服のホステスの華やかさには敵わなかった。さらにホステスの茶髪を禁止し、麗子が和服のマナーを厳しく仕込んでいる〈クラブ麗〉には、料亭のお座敷にも芸者衆が足りない場合にはお呼びがかかった。

「それでなんですが、ちょっと……」と言いながら、服部はホールの方に黒頭を引っ張って行った。

「おい、ミッツ、こっちへ来てくれ」と声をかけ「ちょっと見てください、店長」と言う。

ホールに待機しているホステスの中から、上背のある和服姿が立ち上がってこちらにやってくる。店ではミツコ、本名は天王寺光子《てんのうじみつこ》というのだが、黒服たちはふだんはミッツと呼んでいた。ホールの照明を背負った逆光で見えなかった薄紫の訪問着の女が奥の廊下に出て、これから客を迎えるという笑顔を見せて黒頭の前に立った。

黒頭の口が唖然と開いて、

「お前、これ、なんだ」と手を伸ばし、大きく開いた胸元に光る金のネックレスに人差指をかけた。指の腹にひっかけてぐいと引っ張るが、ネックレスは太くてごついデザインでびくともしない。

「あら、いけなかったかしら」

「いけねえもなんも、ネックレスは着物に付けるもんじゃない」

「お正月ですもの。こうした華やかな感じもいいんじゃないかと思って……」

「外せ。おい、これは映画か。お前、極道の女か、極妻かァ？」

「あ、やっぱり分かるかしら」

黒頭はミツコが外したネックレスを手に取った。結構な重みがあり、洋装に合せるとしても難しいデザインだ。

「なあ、ミッツ、君はそのまんまでいい。飾らなくとも美しい。何も気張って名前を売る必要もない。君はススキノじゃもう十分に有名だ」

「あら、いやだ、店長……」とミツコは身長一六六センチのしなをつくった。

ミツコはもともと黒頭が四年余り前の昭和六十年十月、ほかのクラブから引き抜いたホステスだ。帯広《おびひろ》出身で当時二十五歳、メークのし甲斐がある彫りの深い美人だ。ディオールのスーツに身を固めて札幌《さっぽろ》駅前通を颯爽と歩くと誰もが振り返って見た。〈クラブ麗〉に入ってからも、お客が食事を共にし街を一緒に歩いて同伴出勤する女として好まれた。

〈クラブ麗〉に入って間もなく、ミツコには恋人ができた。駅前通りのビルの中に北海道支社を構える製薬メーカーの若い社員だった。そのメーカーの創業者の一人に連なる家系で、二年の札幌勤務の後、一昨年秋に男は結婚の約束をしたミツコを連れて東京へ帰って行った。麗子は結婚するなどとは信じておらず、いつでもクラブにもどっておいでと送り出した。東京に行ってみると、男には親の決めた婚約者がおり、男は母親に大目玉を食ってミツコとの約束を解消した。ミツコは一億円を手にして札幌に帰ってきた。それで地下鉄の円山《まるやま》公園駅のそばにマンションを買ったことをうっかりしゃべったので、しばらくは〝一億円の女〟と呼ばれていた。

黒頭はミツコをじろじろと眺め回した。かつての夜会巻ふうの髪型で、襟を縦長のV字型に大きく開けて胸を見せている。

「君、その着付けは自分でやったわけじゃないだろ」

「ええ、いつもと違うから美容院でやってもらったわ」

「ママ、お早うございます」と服部が言って、通用口から入ってきた麗子を迎えに出た。

麗子はホールへの廊下の中間に立っている黒頭とミツコを、何をやってる、という目で見ながら毛皮の襟の付いたヴェルヴェットの和装コートを脱ぐ。バッグと一緒に受け取った服部が廊下わきの小部屋のカーテンを開けてロッカーにしまい、体を屈めて店用の草履を出した。麗子は革の爪皮の付いた防寒草履を脱いで履き替えた。黒頭とミツコの挨拶に応えながら「どうしたの?」とそばにやってきた。

彼女が贔屓にしている南7条の〈エレガンス〉の美容師の先生のお陰で、四十八歳という年齢には見えない華のある髪型と化粧だ。兼六園風景らしい細かな加賀友禅の訪問着に大胆な松のデザインの袋帯を合わせている。

「こいつをぶら下げて出てきたんで、いま説教してたところです」と黒頭がミツコのネックレスを差し出すと、麗子はそれを手に取ってやはり18金の目方を量る表情を見せた。

「お正月だから……」とママの理解を求めようとしたミツコに麗子は、

「なんだい、お前、いつから極妻になったんだい」とぴしゃりと言い「これは帰るまで私が預かっておくから」と帯の間に突っ込んだ。

すごすごとホールへもどってゆくのを見送りながら、麗子はキャバレー〈キングダム〉系列のクラブの名を挙げた。

「あそこだけじゃなく、ほかでもホステスが映画の真似をしてネックレスして来たと聞いたんで、うちの子にはそんなタイプはいないと思っていたけど、ミッツがいたか」と苦笑した。

「よそのクラブはどうしたんですかね」

「もちろん禁止よ。着物にネックレスなんてグロの極みだわ」と眉を上げる。

「でも〈キングダム〉系列のクラブなら似合いそうだな。あそこはキャバレーもクラブも、やくざは結構出入りしてますよ」

「天道《てんどう》組系統ね。ほかの組を断ったりするから、エスカレーターに糞尿撒かれたりするのよ」

「ああ、二年近く前でしたね。地元のやつが東京から来た高めを案内してきたのに入店を断られたんで、メンツをつぶされてやった。断った黒服が頭を丸めて詫びを入れたんで収まったようです」

「うちも〈キングダム〉も、昔はやくざの襲名披露に昼間貸館にしたこともあったけど、今は警察もうるさいし健全になったわ」

「それよりママ、クラブにやくざを入れないうちの社長の方針ですけど、最近は地上げの不動産屋にはっきりした企業舎弟が結構交じってますよ」と気になっていたことを持ち出す。

「その問題はいずれ社長と三人で話し合いましょ」と麗子は辺りに気を配るように顔を寄せた。

「これ、まだ秘密なんだけど。石渡が近く〈クラブ・ダイナ〉を辞めるよ」

驚いて麗子の顔を見直すのに「〈阿房宮《あぼうきゅう》〉へ移るのさ」と、近く〈キングダム〉がオープンさせるといわれている高級クラブの名前を挙げた。

「え、どうしてまた〈阿房宮〉なんかに……」と言ったきり黒頭は言葉も出ない。石渡は〈キングダム〉の実力者の青柳《あおやぎ》専務とは古くから犬猿の仲のはずだ。

「青柳さんとの間にはうちの主人が入ったのよ。去年の暮れから、主人への電話がおかしいと思っていたけど」

黒頭は薄暗い廊下に一人、茫然と取り残されていた。

2

午後八時近く、〈クラブ麗〉にはホテル・グランド北海道に出張サービスに出ていたホステスたちが帰ってきた。ボックスはもうお客でほぼ埋まっている。ススキノのクラブはかつては午後八時が実質の営業開始で、どこでもママはその時刻に合わせて出勤していた。しかし、この二、三年前から午後七時ごろから満席になるような好景気が続いて、麗子も出勤を一時間繰り上げるようになっている。

黒頭は新しい客が入る度に店長就任の挨拶にテーブルに足を運んだ。常連客はほとんどが顔見知りだが、改めて店長の名刺を差し出して頭を下げる。ひと通り回って店の奥に立っていると、客の一人がトイレへ行って、出てきたところでホステスの差し出したお絞りを使っている。席にもどろうとするのに近づいて「今日は出張サービスをご用命いただいて有り難うございます」と小声で礼を言った。

「ああ、きれいどころをそろえるのに〈クラブ麗〉を除外したら、麗子ママからヤキが入るからな」

「恐れ入ります。それでなんですが……」と言いよどむと、

「なんだ、君、なにかあるのか」

「ええ、ちょっとお願いが」

「遠慮なく言ってみろ」

「この次から、ホステスの手配をグランドでなく、私どもに直接声をおかけください。グランドが手配すると入館料と称してテン・パーセント差し引かれるので」

「なんだ、グランドがピンハネするってかい？」

「ええ、グランドばかりでなく、ほかのホテルでも真似して最近はみな……」

ホステスの出張サービスは一時間半で一万円と相場が決まっている。とはいえ、この金額は女たちにとって必ずしもおいしいものではない。その度に美容院に行かねばならないし、着物のリース代、タクシー代もかかる。新年なら髪にめでたい飾りも必要だ。新年会は違った会合でも出席者がダブることが多いので、売れっ子になれば毎回同じ着物を着るわけにもいかない。それでも喜んで出かけるのは、知ったお客と同伴出勤したり、会場で知り合った客の名刺を手がかりに後日誘いの電話を入れるなど、営業に結び付けられるからだ。それにしても一万円と九千円では、もらう側の気分が違う。

「なるほど。これからは気をつけるよ。一番いいのはホテルを通さず、幹事が女たちに直接手渡しすればいいのだな」と客は頷いてもどって行った。

ホールには正月らしく芸者の日本髪も見える。新年会の流れらしい礼服の客が二人、芸者に誘われて来たものだ。〈クラブ麗〉では馴染みだった経済人だが、最近は地上げ不動産屋や証券会社の派手な遊びを嫌って足が遠のいていた。麗子は最大限の歓待ぶりを見せていたが、呼ばれて席を立った折、後ろから芸者の肩を抱えて客の接待を頼みながら、折り畳んだ一万円札をさっと白粉で塗られた背中に突っ込んだ。

ホールの客席に目配りしていた黒頭が低く手をあげて服部を呼んだ。

「おい、四番のテーブル、チャンス・ボトルだぞ。誰か飲めるヘルプを遣れ」

黒頭のいうテーブルの客が入れていたスコッチ・ウイスキーはロイヤル・サルートだった。蕪型の陶器の瓶にヴェルヴェットの袋を被せ、中身がどのくらい入っているか外見では分からない。しかし、黒頭は遠くから見ていて、瓶の傾け方でもう中身が四分の一ぐらいしかないと分かったのだ。本来なら席にいる指名のホステスが瓶を空にして新しいボトルをキープさせようとするのだが、ぼんやりしているようだ。こんな場合は麗子なら見逃さない。草履でホステスの脚を蹴飛ばして目配せし、お前が飲んで瓶を空にしろと指示するはずだ。

服部に言われて、若い美人のホステスがヘルプとして四番テーブルについた。アルコールには強い女性だ。「君は何飲むの、ビール？」と訊かれれば「お客様と同じものをいただきますわ」と答えて、ロイヤル・サルートを空にしてくれるはずだ。

午後十時近く、ホール内はどのボックスも乾杯の発声と笑い声が絶えない盛り上がりだ。年末の兜町《かぶと》で大納会に三万八千九百十五円の終値を付けたばかりとあって、だれもが新年のとてつもない繁栄の予感に酔っている。麗子はブランデーグラスを傾けて、一本五万円のコニャックをすいすい空けていた。それを感心したように見守る客の一人が、

「この間のフランス旅行はママのその胃袋で稼いだんじゃないかね」とジョークを飛ばして、テーブルの笑いを取っていた。麗子も仕方なく苦笑している。木村商事はヘネシーの販売成績を表彰されて、この年末年始の一週間、木村社長と麗子の夫婦が醸造所見学を含むフランス旅行に行ってきたばかりだ。新婚旅行もなかったという麗子は新年の開店以来、夫婦二人きりの旅行について何度も客に冷やかされていた。

それにちらりと目を遣っていた黒頭に入口の方から服部が「店長……」と低いが緊迫した声をかけた。店に入ろうとしている客二人の前に服部が立ちふさがっているのに黒頭が小走りに近寄っ

て、店の外に押し出すように四人で廊下へ出た。

「おや、満席じゃなくボックスに空きがあるようでしたがね」と男の一人が穏やかな口調で言う。黒頭と似たような締まった体つきで、黒のスリーピースにフォーマルなネクタイを締めている。もう一人はもっと体格がよく、冬には涼しすぎる色のソフトスーツ姿だ。二人ともコートなしだった。ビルの表にアウディかメルセデスが停めてあるのだろう。

黒頭はドアのそばに張った白いプラスチック札に『当店では暴力団関係者等の入店をお断りしております』と書かれたのにゆっくり視線を送ってから、

「私どもの店では、以前から名のあるお方の入店をお断り申し上げているのです。誠に申し訳ございません」と言って頭を下げた。

相手は「有名人と言われるのは心外ですな」と言いながら相棒と顔を見合わせた。相棒も、

「まことに……。二人とも会社のバッジは外してきていますし、この通りごく普通の紳士のなりで、髪型だって」と七三に分けた髪を触って見せたが、うっかり尻の方に隠していた手をあげたので、小指のないのが分かってしまった。それでも「静かに飲んで新年を祝おうとしているだけなんですがね」と部厚い唇を精いっぱい微笑ませている。

「御社の皆さんには、私どもの店の習慣をご理解いただいていると思ってましたが」

黒いスーツが進み出て「店長さんが替わられたと聞いて、その辺のところも今までとは違ってきているのではと拝察いたしました」と黒頭の顔を覗き込んだ。

「昨年まで〈ニュータイガー〉にマネージャーさんでおられたころは、ずいぶん楽しく遊ばせてもらったものでしたがね」

「それは有り難うございました。しかし、キャバレーは別として、クラブの方にはご遠慮いた

だくという社長の木村の方針は本年も変わりはありません。相済みませんね。新年の〈ニュータイガー〉は漫才や昔ながらの曲芸と、楽しく過ごせますからどうぞお運び下さい。まだ二回目のショーには間に合う時間ですよ」


二人は顔を見合わせて、それから口調も変わる。舌打ちして、

「なんでえ、融通が利かねえの。お高く留まりやがって、この野郎」

「いい女がいるっていうから、拝みに来たんだよ。残念だな」

肩を揺すりながら地上に出る階段を上がってゆくのを黒頭が見送って、

「おい、天道組だぞ。あんなふうによく来るのか」

「いや。でも、暮れのクリスマスの頃でしたが、やはり天道組、といっても格落ちの北人会《ほくじん》の組員がやってきまして、三森さんに相手にされず追っ払われてました。あの人は店長のようにソフトな応対はしませんから」

「そうすると、いま言っていた店長が替わったからという口実とは関係ないな」と黒頭は首を傾げながら店にもどった。

3

黒頭が麗子から石渡の移籍を聞いた翌日、十二日午後九時近く、黒頭は〈ニュータイガー〉に向かった。クラブの黒服姿にコートも着ないで雪のちらつく中を急ぎ足で行く。タイガー・ビルのエレベーターを四階まで上がり、前月までの古巣のロビーに出ると、ホール担当の日下《くさか》主任が出

迎えて「あ、副支配人《サブマネ》、じゃなくて店長、でしたね」と照れた笑顔を見せる。

「よっ、元気でやってるか。社長に呼ばれて来たんだ」

「相変わらず呼ばれるんですね。クラブへ行ってもおんなじだァ」

黒頭はそれに手を振って、営業時間中の社長室に階段を上がってゆく。ノックして部屋に入ると、木村はデスクに足を上げて寛いでいた。

「お、来たか。そこに座れ」と言うと、足を下ろして机の上のパイプを取り上げた。黒いスリーピースのヴェスト姿で、会合でもあったのか酒の入った顔色だ。黒頭はソファに座って、木村がパイプに火を点け直し、ゆっくりと煙を吐き出すのを見守った。今では懐かしいマイミクスチュアの香りだ。

「クラブはどうだ。うまくやってるか」

「はい、懸命に務めてます」

「今月はいくら売り上げる？」

「営業日数がふだんの月より少ないけど、なんとかふだん並みの三千万に近づけようとママとは話しています」

「そうか。去年買った花柳ビルのリニューアルも一段落したし、今年は稼がせてもらうぞ。な、今年こそ年間売上げ三十三億円を達成したいものだな」

「はい、順調に何事もなければ」

「何事なぞあるもんか。ところでママから石渡の件、聞いたろ？」

「ええ、〈阿房宮〉へ行く、とそれだけですが」

「お前、どう思う？」

「びっくりです」

「だろうな」と笑って「しかしな、これは〈キングダム〉の青柳専務、〈クラブ・ダイナ〉のママ、それに石渡のみんながハッピーで納まる話なんだ。〈キングダム〉では新しいクラブは札幌で一番の高級クラブにするんだと張り切っている。去年の秋あたりから、系列のクラブの黒服から選んだチームに準備をさせて来た。専務自ら本州の新しい感覚のクラブを視察したようだ。オメガ・ビルの地下の大バコの契約が年末で切れるのを狙って、場所も確保した。模様替えの設計もできただろう。三月のオープンだそうだ。ホステスも四十人体制にするとかで、いま潜行してスカウトしているらしい。ところが、要になる人間がいない」

「そうでしょうね。あそこはそれぞれ特色あると称するクラブをいくつか持ってますが、これがメーンだという店がない。だからステータスのあるクラブを作ろうというのでしょう。でも、専務はキャバレーについてはススキノで一番だけど、クラブには素人みたいなもんですから」

「うん、青柳さんもクラブには自信がないのだ。それで宿敵ではあるが、石渡に目をつけた。一方、〈ダイナ〉の方も事情がある。石渡は取締役営業部長でうちから迎えられてもう八年たつ」

「ええ、古いですね。そろそろお荷物なんですか」

「十和子《とわこ》ママの旦那が予定より早く三月に役所を勇退するそうだ」

「それは初耳です。当然、取締役に就くでしょうね」

「そうだ。そうなるとママにしてみれば給料は外部の人間でなく、自分の身内に入ってきてほしい。石渡は邪魔だ。十和子ママと〈クラブ麗〉〈クラブ・ダイナ〉を一流に育てた石渡が欲しい専務の思惑が一致した。双方に頼まれて、私が石渡に話して決めたのだ」

「すんなり承諾しましたか」

「するさ。取締役の地位を約束されたからな」

「株式会社キングダムの取締役ですか。すごいですね」

木村はパイプを灰皿に打ち付けて黒頭をじろりと見た。

「黒頭、これからは石渡はお前のライヴァルだぞ」

「ええ、去年、〈キングダム〉の新しいクラブの噂が出た時から、前任の三森さんとはホステスの引き抜き対策を話してきましたが、警戒要因が増えたということですね」

「うちのクラブにも手を伸ばすかな」

「あの人はそのあたりはがめついですからね。やるでしょうよ」

黒頭がエレベーターホールに下りてゆくと、日下がホールの方に顔を振り向けて、

「バーカウンターに道酒販《どうしゅはん》の八田《はった》さんがいらしてますよ」と知らせた。

「それはちょうどよかった。挨拶してゆこう」とホールの中に入ると、ボックス席はほぼ埋まっていた。ステージでは、羽織袴の曲芸師がくるくる回る唐傘の上に手毬を転がしている。黒頭はカウンターにウイスキーのボトルを置いて、バー・チーフと話しながら水割りを飲んでいる客のそばに行った。

「八田さん、明けましておめでとうございます」

「やあ、クロちゃんか。店長就任おめでとう。よかったな」

「ご挨拶にも伺わず申し訳ありません。近いうちに参ります」

道酒販は北海道の酒類の卸し販売を手がけて四十年にもなる会社だ。札幌支社には営業部長のほかに営業第二部長がおり、八田勝弘《かつひろ》は別名ススキノ部長とも呼ばれるその第二部長だ。道内で最大の酒類の消費地であるススキノを守備範囲としている。

八田は四十代半ば、少し太り始めた体を濃紺のダブルに包み、小さなストゥールに慣れた姿勢で腰を落ち着けている、旭川、網走などで飲食店街の販売に腕を振るってきた八田は、、ススキノ勤務は若い時から数えて三度目になる。ススキノの店へのウイスキーのボトル・キープは六十本から七十本。新規の開店、廃業の店が釣り合ってほとんど数が変わらない。八田はボトルのある店に月に一回は必ず顔を出していた。温厚で面倒見のよい人柄だから、経営の相談にも親身になって応ずる。ママさんたちには絶大の信用だ。

「クロちゃん、いまチーフにも話したところなんだけど、うちのビールがとうとうススキノで五〇%のシェアを超えそうだよ」と八田は水割りのグラスを上げて笑顔を見せた。

道酒販が朝日麦酒と共同出資して北海道のアサヒビール会社を設立、札幌市内に工場を置いて製品を売り出したのは昭和四十一年のことだ。八田たち営業マンは毎晩、ススキノで何軒もの店を飛び込みで訪問するローラー作戦で、製品を置いてくれるようセールスして回った。今あるボトル・キープはその名残でもある。その後、アサヒは三年前にスーパードライを売り出してドライビール・ブームの先頭を切ったことから、急速にシェアを伸ばしてきた。

「そうですか。サッポロは一時は七割のシェアと言われていたのに、逆転したんですね」と黒頭も笑顔で応ずる。〈ニュータイガー〉には毎日の営業前、二十四本入りの中瓶のビールが二十箱から三十箱、エレベーターで運び上げられる。冷やされたビールだが営業中にぬるくなるので、バーではドブ漬けと称してバスタブに氷水を張りビール瓶をぶち込んで冷やし直している。

「ところでクロちゃん、訊くけど」と賑やかなステージの騒音を避けるように八田が黒頭に顔を寄せた。「〈クラブ・ダイナ〉の人事異動は知ってるだろ?」

「え、どうしてそれを知っているんです、八田さん」と、カウンターにもたせていた黒頭の片肘

が外れて思わず直立姿勢になる。八田は穏やかな笑顔で、

「うーん、我々も〈阿房宮〉の店長が誰になるか、関心を持っていたからな。洋酒の関係でほかが入り込もうとするからね。店長権限の部分もあるはずだから誰がなって、どうするかとね」

高級な洋酒やワインは道酒販のような卸会社は得手でなく、クラブなどでは明治屋のような専門店から入れていた。しかし、そうした店はビールについては中立だから、ほかのビール会社がそれを手がかりに自分のビールを入れようとする。クラブではビールはお客よりホステスが飲むことが多く、銘柄にはこだわらないが、お客の中にはビールに自分の好みや会社の系列からくるこだわりを見せる場合があるので、店長の考え方で一応は銘柄を揃えていた。

〈ニュータイガー〉のようなキャバレーでは、ビールの銘柄をあれこれたくさん揃えることはしない。お客がアサヒじゃいやだと言い出した場合、指定の銘柄の在庫がなければ、長くドブ漬けしていてラベルの剥がれた瓶に用意してあるその銘柄のラベルを張ったものをバー・チーフが「おい、これ持って行け」と出す。ウエイターは客席に運んで行って栓を抜くと、キャップを客に分からないように隠していた。

「〈キングダム〉は大企業だから、卸もうちだけの付き合いじゃない。石渡さんは系列のクラブすべてに発言できるポストのようだ。〈クラブ・ダイナ〉の時と違ったスタンスを取るのではと、警戒してるんだよ」

「〈阿房宮〉を特に高級に見せるため、ビールもハイネケンなんかの輸入ものにこだわるかもしれませんね」と言った黒頭が、気になっていたことを言い出した。

「ちょっと教えて欲しいんですが、八田さん。最近、やくざ関係で何か変わったことを聞いていませんか。例えば天道組あたりのことで」

八田はススキノの暴力団の動きには詳しい。アルコール類の販売を通して、大小さまざまな業態の店に出入りしてじっくり話す八田には、店にとって警察には言えないような情報もこぼれてくる。そして何よりも、八田も暴力団も分野こそ違え、お互いにススキノにいわば縄張りを争って仕事をしている。その動物的な縄張りの感覚で、八田には彼らの動きが捉えられているらしいのだ。

「さあ、どうかな。北海道も五十五年に天道組が上陸してからは、抵抗した道内の組も次々に天道組だ、稲荷会《いなり》だと、全国組織の系列に入った。それに伴うもめ事も去年、あちこちで派手にやってからは落ち着いたからね。それでもう一本独鈷の組はほとんどなくなった」

「天道組と、それから分裂した一天会《いちてん》との関係は最近どうなんですか」

「長く空席だった天道組の五代目組長も去年跡目が決まった。これで盤石の体制になって、一天会はますます分が悪いだろう。札幌はススキノの老舗の至誠会《しせい》が天道組入りしたことで安泰だろうな。何かあったのかい」

「いえね。年末から新年にかけて、その至誠会の奴らがうちのクラブへ入店しようとしましてね」

「〈クラブ麗〉は木村さんの方針で、昔から組員を入れないのは定着しているはずだよな」

「だから、今さら何を考えてるんだと。単なる気まぐれであってほしいもんです。近頃は地上げの不動産屋にやくざと疑われるのが交じっていて、うちで札びら切ってるんですよ」

「その辺の矛盾を衝かれると〈クラブ麗〉も弱いだろうな」と八田も何か気になるといった表情を見せていた。

4

十三日夜、黒頭は石渡に会った。

クラブの営業の後、客たちと賑やかにアフターに繰り出す麗子を見送り、〈金田村《きんたむら》〉にやって来た。〈ニュータイガー〉の黒服たちも姿を見せず、黒頭はテーブルに一人座っていつもの軽い食事を摂る。店で心得て持ってきてくれるおでんの盛り合わせ、軽く一膳の飯、漬物といった胃袋に負担にならないものばかりだ。黙々と箸を動かしていると、石渡が入って来た。たくさんいる〈クラブ・ダイナ〉の黒服も連れず、珍しく一人だ。黒頭の前でオーバーを脱ぎ、ピンストライプのスリーピース姿で黒頭とテーブルに向かい合った。二人とも短く、新年の挨拶を交わす。

いつものようにぬる燗の酒を頼むと石渡は「どうだ。店長の仕事は」と訊く。

「なんとかこなしてますよ」と黒頭も謙虚に答えた。石渡の前に徳利と卵焼きが置かれ、ゆっくりと盃を口に運ぶと「木村社長から聞いてるだろ」と始めた。

「ええ、おめでとうございます。と言っていいんでしょうね」

「うん、もちろん。当面は役員待遇だが、次の総会で取締役に上がる。企画営業部長という役職名だ」

「それでいつから行かれるんですか」

「専務にはできるだけ早く来いと言われてるが、今の店の後始末もあって来週からになる。ママの旦那が三月に勇退すると聞いて、身の振り方を考えていたところよ」

「まずは〈阿房宮〉の立ち上げですね。向うではどのくらい進んでいるんでしょうかね」

「三億の金を用意して、あれだけの陣容でかかったのだから、それなりのかたちはできてきている。あとは私が本当に大事な部分を構築し直して、逆に無駄をそぎ落とすだけだ」

「どんな客層を頭に描いているんですか」

「不動産屋ばかりじゃ困る、と言うが、〈クラブ・ダイナ〉〈クラブ麗〉のようなお客を集められるかだな」

「もともと系列の各クラブの客層があまり一流とはいえませんでしたからね」

「専務が系列の企業の連中を呼んで顔合わせをやってくれたよ。〈キングダム〉の支配人、クイーン・ボウルの社長なども来て、新クラブに協力を誓わされていた。みんなうちに来る客は一流だ、〈阿房宮〉に紹介するよと言う。専務はそれだけでクラブが埋まるように思って、私にどうだ〈キングダム〉は凄いだろという顔をするんだ」と言って、二人は顔を見合わせて苦笑いしている。

「それは心配ですね」とあっさり黒頭が言った。「それで石渡さんは最終的に系列クラブ全体を見る立場なんですか」

「そう期待されている」

「そうすると、酒なんかの仕入れも仕切るわけですか」

「それが」と石渡は腐った表情で首を振った。「専務が古くからのダチの酒屋と組んでいる。だから各クラブのバー・チーフも全然旨味がないのよ。それは前から聞いていることだ」

「それじゃつまらないですね。あそこは同じ規模のクラブがいくつもあるから、整理した方が経営的にはすっきりするような気がしますね。競い合ってよい方向に行っていれば別ですが」

「お前の言う通りと言いたいところだが、みなそれなりのいきさつがあってできたクラブだ。つまりそれぞれママの処遇の問題があって、なかなか面倒なんだ」と石渡はその問題には深入りしたくないといった表情で「それは専務マターだな」

「それで女の方はどうですか。四十人体制でスタートするそうですね」

「これは潜行してスカウトしているが、社長や専務の目指す札幌で一番高い金を取れるクラブにふさわしいレベルをクリアーしていないな。お前の知ってるように、いい女はやはり腰が重いよ。動くことで客が落ちるリスクをどうしても考えてしまう」

「でも、環境を変えることが、新しい客を増やせる可能性もあるというメリットもあるわけですからね。お客だって壁の汚点《しみ》からじゅうたんの穴まで知り尽くして、自分の家で飲んでるような店より新しい店で遊びたいでしょう」

「その通りだが、短期間にたくさん集めるとなると、どうしても契約金をぶつけるという金の力に頼ってしまう。今の若いきれいな子はみな仕事の楽なニュークラブの方に行ってしまうし、予算の一億円では足りないだろうな。女にこの人の言う店なら安心だから移ろう、と納得させて来てもらうのがスカウトの常道なんだが、そんな悠長なことを言っていられない」

「熱心さと誠意を相手に分からせることだと石渡さんも言ってましたね。どうしても会ってくれない女がいて、石渡さんは雨の日曜の夜、傘も差さずにずぶ濡れで女のアパートを訪ねたら、女は何も言わず部屋に入れてくれたそうで」と黒頭はにやにやし、石渡は唖然として、

「確かに昔、そんな手を使ったことがあるが、お前にそれを話していたのか」

「ええ、石渡さんには長い間、いろんなことを教えていただき有り難うございます」

「そうだ。長い付き合いだったな。もう二十年たつ」

「それで今の店から誰か連れて出るんですか」

「私の手足になってくれるスタッフを一人、それから」と、ちょっとためらったが「倫子《みちこ》をもらっ

てゆくとママの了解を得ている。ああいった品のある女がもっと増えれば〈阿房宮〉も一定の評価が定まるんだが……」と、もともと黒頭が引き抜いて〈クラブ・ダイナ〉に入れた女の名を明かして、

「しかしな、倫子はテコに使っていた若い子と一緒に移籍したいと言うのだ」

「そこまでは十和子ママがうんと言わないでしょう」

「というより、その若い子の決断次第でもある。倫子のようなベテランのホステスにはお客が、お前は俺の女の好みを知ってるだろ、若いのを俺に付けて楽しませてくれよ、と通ってきてるんだ。〈阿房宮〉に客を引っ張ってゆくにはその若い子が必要だと思う。一方、若い子は自分が残ったら倫子のその客を自分のものにできるか、と考えるんだ」

「いつまでもほかの女のテコでいられませんからね」

「あとは私の持ってる女の情報で〈阿房宮〉向きな女を集めるだけだ」と言ってから、ふと取って付けたように「お前んとこの女には手をかけない。安心しろ」

「〈阿房宮〉がどんなクラブになるのかが、今ひとつはっきりしませんね。それが定まってうちのホステスが好条件を示されてそういう店に行きたいと言ったら、私としては止めるわけにはいかないでしょうね。〈キングダム〉は従業員の管理はススキノで一番しっかりしていますから、心配なく送り出せます。もっとも麗子ママはカッカきて、抜かれたのはお前の責任だと騒ぐでしょうが」

「そうか。お前はいつも働いている女を中心にものを考える男だからな」

三日後の十六日昼過ぎ、黒頭は木村商事の事務所にいた。店長のデスクで資料をひっくり返している。〈クラブ麗〉の今の在籍二十六人のホステスのこの一年間の成績を個人別にグラフに作っ

たものだ。月ごとの数字が売上げ、小計、保証と三本の線で示されている。

まず、ホステスのその月の成績の基礎になる小計の額。これはホステスが毎晩、引受けの客から酒やオードブルなどそのテーブルで稼いだ数字の一カ月の合計だ。実際に店では、この額の二〇％と決まっているホステスへの指名料やテーブルに就いた他のホステスへのヘルプ料、ボーイやテーブルのチャージを上積みし、それらすべての五〇％と決めた〈クラブ麗〉のサービス料、さらに税金を加えてお客から売り上げている。それは小計のほぼ三倍の金額になる。〈クラブ麗〉では、ススキノのほかのクラブと同様、、小計三十万円で保証一万八千円を新米ホステスのスタートとし、小計が五万円を超えれば千円、十万円越えれば二千円とホステスに支払う毎日の保証をアップするのを建前としていた。

数年前までは、月に二百万円の小計を記録するホステスは店で二、三人しかおらず、これがトップクラスだといわれていた。店の月の売上げは六百万円ほどになるはずで、店では五万二千円の保証を二十五日出勤で百三十万円、指名料として四十万円をホステスに払う。しかし、この一、二年間は好景気で保証が五万円クラスのホステスは数人はおり、百四十万円の小計で四万円の保証をもらうホステスが中堅クラスだといわれるようになっている。

そこへスタッフの次席の服部がやってきた。部厚いキルティングのジャンパーを脱いで替え上着姿で黒頭の前に座った。

「おい、これを見てみろ」と黒頭が資料を渡すと丁寧に目を通していたが、

「こんなふうにグラフになると、それぞれの女の軌跡といったものがよく分かりますね。実際、私なりに感じとしては掴んでいたんですがね」

「小計と保証が必ずしも連動していない部分があるが、これはママの政策的な配慮かな」

「ええ、ママと店長が毎月話し合って決めてるんですがね。小計の五万円、十万円刻みというのは微妙でしてね、ちょっと下がったからといってすぐ保証をダウンさせません。逆に少し超えても次の月の様子を見たうえで上げるということもあります。それから……」と服部は黒頭の意見を求めるように言う。

「最近は、女にお前の売上げを今月はトップにしてやるぞ、なんてヘネシーを十本入れてくれる客は珍しくありません。じゃ、それをどう評価するかですね……」

黒頭はちょっと考えてから、

「一本五万のヘネシーなら、それだけで小計は五十万円跳ね上がる。だからと言ってすぐ保証をアップできるものかだな。そうした女に限って、小計は確保したとばかり次の日から二、三日休むだろ。その客との付き合いなんかでな。かつてはお客への営業努力で何度も来店してもらい小計の金額を苦労して積み上げていたが、今は札束がポケットからはみ出している客を摑めば、小計など一日でいくらでも増やせる。そんなことでは道内の政財界の奥座敷だとママが自慢していた〈クラブ麗〉にふさわしいホステスは育たんぞ。だいたいママ自身が、かつてのそうしたお客の足が遠のいてるのをあまり気にしていないで、儲かればいいと思ってるようだな」

「クラブによっては、お客が小計どころか売上げ分だと言って二百万も三百万も金を払って女を出勤したことにし、海外旅行に一週間も連れ出していますよ。ママもうちはそんなこと許さないよ、と言ってますが」

「うん、うちはそんな客も女もいないだろ。ところで、今月あたりからホステスの〈阿房宮〉対策を考えねばと思ってるんだ」

「引き抜きですか」

「新クラブの噂が去年出た時から、前任の三森店長とは警戒しようと話し合っていた。暮れに三森さんが辞める時、引き継ぎを受けたが、その時は〈キングダム〉のクラブの黒服たちからうちの女に接近している気配はないと聞いていた。しかし、これからはやって来るぞ。石渡さんが入るからな」

「あの人、うちの女にも声をかけますかね」

「うちとか〈クラブ・ダイナ〉は元をたどれば、彼好みの女を揃えているからな。ママと話して今月から保証のめりはりでその辺の対策を始めよう。ママと三人でいずれ話すから、君の意見も聞いておきたいんだ」

「辞めてほしくない女には保証を小計とは別に考えてやるということですね」

「逆にそろそろもう必要がなくなったという女は、それなりのサインを出してやらねば。そうすると〈阿房宮〉のおいしい条件に目が移る」

「あそこでは百五十万円の契約金を出すそうです」

「石渡さんも〈クラブ麗〉から誰か抜かなきゃ納まらないだろう。それには彼がよく知っているベテランの女がいい」

5

黒頭は北12条駅で地下鉄を下りると、地上に出て東の方に歩いて行く。一月十八日午前十時過ぎ、歩道には靴が埋まるぐらい積もっていて、なおも細かい雪が降りしきる。気温が低いので黒いオーバーコートにはほとんど雪がつかず、黒頭は髪の毛についた雪を時々手袋の手で払いのけている。ガラスの多いファサードを見せたビルは道酒販の本社だ。黒頭は玄関ロビーでコートを脱いで振るい、ハンカチで濡れた髪を拭いた。濃紺のスーツ姿でコートとマフラーを抱え、エレベーターを三階で降りると本社に同居している札幌支社のフロアだ。磨りガラスに営業第二部と書かれたドアをノックして入った。

手近のデスクを立ってきた若い社員に、木村商事の黒頭と名乗って部長への取り次ぎを頼んだ。部長室からワイシャツ姿の八田が出てきて、

「やあ、いらっしゃい。ちょうどいい……」と言って六人ばかりいる社員に声をかけた。

「おい、みんな。知ってるだろうが、木村商事の黒頭さん、今度〈クラブ麗〉の店長さんになられたんで、ご紹介しておく」

「この一月からキャバレーの方から〈クラブ麗〉に移りました。よろしくお願いします」と黒頭が頭を下げると、おめでとうの声と共に拍手が湧いた。

「コーヒーを頼む」と声をかけた八田と一緒に黒頭は部長室に入った。ガラス棚に優勝カップや表彰盾の類が並ぶ部屋のソファで八田と向かい合う。

「よく降るねえ」と八田は黒頭がかたわらに置いたコートに目を遣り「こんな天気のところをクロちゃん、ご苦労さん。ちょうどよかった。聞かせる話があったんだよ」

「なんでしょうか」

「ま、コーヒーを飲んでから、ゆっくり」

女性社員が運んできたコーヒーをひと口飲んだところで、八田の方が待ちきれなくなったように切り出した。

「先日、クロちゃんは天道組のことで訊いていたね」

「あ、何か分かりましたか」と黒頭の目が輝く。

「うん、君は北人会の車屋松次郎《くるまやまつじろう》を知ってるかね」

「ええ、顔は見たことがありますよ。もちろん、知り合いじゃありません。三十代半ばでまだ若い。〝クルマヤの松〟なんていう通り名がおかしいくらい、垢抜けたというのも変だけどやくざの組長らしくない男です。しかし、喧嘩っぱやいそうで」

「うん、その車屋、最近の話だが、女ができた。〈クラブ麗〉の女だという。どうだね」

黒頭のぽかんとした表情が弾けて、

「あ、あいつだ。極妻だァ」と声を上げた。

「心当たりがあるのかね、クロちゃん」

「あります、あります。ぴったりのタイプが。でも、車屋という男は兄貴分の至誠会の誰かの娘か妹と結婚しているはずですよ」

「だから、単なる女だというんだ。至誠会の組長の娘を嫁さんにもらっているからね」

「親分の女のいる店だ、入店するのになんの問題がある、とばかりに〈クラブ麗〉にやって来たんですね。それを突破口にこれまでご法度だったクラブに大手を振って出入りしようと考えたのかもしれません。うちも困った女をしょい込んだもんだな。ところで、北人会は天道組の傘下に入ったのはもう五年ぐらい前のことですが、天マルの代紋は付けていないはずですね」

「いや、去年の夏に札幌で抗争があった後、正式に至誠会の舎弟分になった。だから、今は車屋組を名乗っていて、北人会は通称だ」

「そうすると、この車屋の奴はいま鼻息が荒いというわけで」

「それで厄介なことになっているようだ。車屋は若いのに傷害や傷害致死で二度服役しているそうだ。札幌でもっぱら反主流の一天会系の組との抗争の先頭に立っている。去年も車屋の子分が傷害と銃刀法で刑務所送りになった。もともと北海道の一天会は天道組が北海道に進出した後に真っ先に傘下に入った連中だ。ところが、本州の上部組織の関係で反主流の一天会系にならざるを得なかった。北海道の天道組のいわば草分けなのに、今や落ち目の一天会として先細りになっている」

黒頭がコーヒーカップを置いて頷いた。

「それなのに新参者の車屋が大きな顔をして敵対してくるのが我慢ならない、ということなんでしょう」

「その通りさ」と八田がにやりとして「車屋は武闘派《イケイケ》の目立ちたがり屋だ。私の見るところ、今もっとも命を狙われる可能性のある男だ」

「車屋の嫁さんというのはどんな女性ですか」

「堅実なやくざの女房だ。美人とはいえない女で」と笑い、黒頭もそうでしょうねという表情で、

「それでその女房は亭主の新しい女に気づいているんですかね」

「それは知っているだろうね。だからといって公認されたわけじゃないだろうから、車屋が大っぴらに新しい女をひけらかすわけにはいかない。至誠会の親分からもヤキが入るからな。目立ちたがり屋としてはつらいところさ」

道酒販からまた地下鉄に乗って、黒頭は喫茶〈モローチャ〉にやってきた。ママの万里子《まりこ》にサンドイッチを注文すると、店の奥の電話ボックスに入る。ピンク電話を取り上げて木村の家に電話した。電話に出た麗子に道酒販で聞いた情報を伝えると、

「店長、それ本当かい。ミッツだというの」

「だからママにはミッツに確かめてほしいんです。ママになら正直に言うでしょう」

「正直にそうだ、と言われたら？」

「秘密を守ってもらいます。すぐクビにするわけにはいきませんから」

「分かったわ。今日にでも彼女と会える時間を作って厳しく訊いてみる」


翌十九日の昼過ぎ、黒頭は麗子に呼ばれて木村商事の社長室にいた。アームチェアに座った木村を中心に麗子と黒頭がソファに向かい合っている。

「珍しいことだな」と木村が言う。「やくざがミツコのような派手派手なのを女にするなんて。あいつらが目を付ける女といえば、だいたいは大企業の秘書課にいるようなタイプだ。志野《しの》のような……」

志野というのは〈クラブ麗〉のホステスで、やくざを内縁の夫に持っていた。美人だが目立つタイプではない。出しゃばらず控え目で、よく客を見ていて客の考えていること、やって欲しいことを的確に判断してすぐ実行に移す。が、常に周りに目配りして動くから、ほかのホステスと揉めるようなこともなく信頼されている。社会的な地位のある客たちには理想の秘書タイプで、彼女の背景を承知のうえで「志野、志野……」と呼んで贔屓にしている。黒頭が作ったホステスの成績グラフでは、志野はコンスタントに毎月百五十万円の小計をキープし、四万二千円の保証をもらっている。

「車屋という男そのものが、やくざとしてはタイプが違っていましてね」と黒頭が言った。

「そうらしいわね。それにミツコの場合は、お互いに息が合ってと言ってるけど、私は彼女の方が男に目をつけたんじゃないかという気がするわ」

「あり得ますね」と黒頭も同意した。

「私ははっきりけじめをつけるべきだと思う。志野さんとは違うわ。親分ですもの。やくざお断りで通してきた店のイメージに傷がつく。辞めてもらうわ」

「黒頭、お前はどうする気だ。言ってみろ」

「ママの言われる原則はその通りだと思います。しかし、現実的に考えて、いま仕事に何の落度もないミッツをクビにして、ミッツが車屋に訴えれば、奴はいきり立って何をするか分かりません。彼らがもし組のメンツを賭けてかかれば、警察が手を出せないやり方でクラブ一軒を閉店に追い込むのは訳ないことです。それだけは避けねばなりません」

「それじゃ、黙って放っておくというの、店長?」

「今のところはね。もちろん、いつまで持つか分かりませんが、彼女にも厳重に口止めして少なくとも内部からは漏れないようにします。しかし、車屋はいま市内で一番の武闘派、というと聞こえがいいけど要するに跳ねっ反りで、いつ新聞種になるようなことを仕出かすか分かりません。そうなると、新聞テレビのマスコミには出なくとも、うちは雑誌の餌食になります」

「それだけは避けねばならんぞ、黒頭」

「そこで、できるだけ早く、彼女が自らもっと条件のよいクラブに移籍するように仕向けようと思うんです」

　木村が唇をほころばせて頷いた。

「うん、その条件のよいクラブができるぞ。移籍の契約金は黙ってても百五十万円出すと聞いた」

「ミッツの小計を見ると、この半年、二百万円に届くか届かないところでうろうろしている。保証はかろうじて五万円の大台に乗ったが、どうですかママ、これだけコンスタントに頑張っていればママの裁量でお前、二百万の小計と認めて五万二千円にしてやるよ、となってておかしくないですね」

「ミッツはね、保証の二千円アップより欲しいのは二百万円越えのホステスに認められている自由出勤なのよ。普通は午後六時出勤なのを七時にゆうゆうと仲間の前に姿を現す。その優越感に憧れてるのよ。私は一月の小計で今までと同じくらい頑張れば、特例として認めてもいいよ、と暮れにほのめかしているわ。彼女もそれを当てにしているはず」

「それを今月末あたりに活用してください。それとうちの女たちは麗子ママに嫌われたら〈クラブ麗〉では芽が出ない、と恐れています。その辺をミッツに覚らせてやって下さい」

「そんなこと、私にできるかしら」

「いつもやってるじゃないですか。我々スタッフもママのひとにらみで震え上がります」

「何をバカ言ってるの。でも、分かったわ」

「ミッツが店の中で相談を持ちかけるようなホステスはいますかね」

「ヘルプに重用している女性はいるけど、相談はしないわね。店長がよく彼女とご飯を一緒していたんじゃない？」

「〈ニュータイガー〉時代の頃です。店長の肩書がついた私には、彼女も鞍替えの話など持ち出せませんよ。その役割は服部にやらせましょう。今のうちからミッツをよく面倒見て頼りにされるよう話しておきます」

「ミッツは〈阿房宮〉向きの女だわ。石渡も喜ぶと思う」

「それでミツコの問題は片付いたな」と木村が言って立ち上がり、デスクの上からパイプを取って席にもどり「どうだ。〈阿房宮〉はいい客が集められそうか」と黒頭に訊いた。

「石渡さんはホステス集めには自信があるでしょうが、そのホステスが連れてくる客以外にステータスのあるお客をどのくらい確保できるか、まだ五里霧中のようです。専務はキャバレーやボウリング場の上客を回すと胸を張っていたそうです」

「それはクラブの客としては定着しないな。でも専務は政界、財界に太いパイプを持っているから、うまく活用できれば少なくとも営業的には問題ないだろう」

「ところで社長……」と麗子が改まった声を出した。

「店長と先日ちょっと話したんだけど、クラブの方のお客さんで、不動産関係者の中に近頃は地上げに関係しているような人が一番派手に遊んで行ってくれる。そして、その中には正式な組員かどうかは別にして、いわゆる企業舎弟が交じっているようなのよ。これを暴力団は入店お断りの原則とどうつじつまを合わせるか。社長はどう思いますか」

「それは私も気にしていた」と木村はパイプを置いて腕組みした。「うちで排除していたのはまず外見だ。天マルや稲穂の代紋バッジ、指を詰めているやつ、パンチパーマはお断りだ。それにスキノで顔を知っている組員も入ってくることはないが、もし他の客と来れば入店を断ってる。そうだな?」

「ええ、その通りでやっていますが、企業舎弟というには微妙で、すべてが盃を貰っているわけじゃありません。それに組員の会社で働いているが、組員かどうか分からないという社員もいます。これが地上げの不動産関係では多いんですよ」と黒頭が言った。

「クラブに暴力団を入れないというのは、うちの場合、警察から要請される前からの方針だった。彼らは店に入ると、静かに飲むということはない。自分たちの存在感をなんとか示そうとする。

それが目的なのだ。ほかの客に因縁をつけたり、ホステスを脅かしたり、そしてそういう行為をしのぎに結びつけることを考える。無駄に金を使っているわけではない。

「そうですね、社長。今は彼らも紳士的になったとほかのクラブで言ってますが、それは単に金に困っていない幹部クラスが出入りしているからです。下っ端の連中はやはり、鵜の目鷹の目でしのぎのタネを物色しています」

木村は腕組みを解いてまたパイプを取り上げた。火が消えたかどうか確かめてみながら、

「そうだ。だから入店を許すやくざのランクをこちらで設定することも、彼らに決めてもらうこともあり得ない。一律入店お断り、というわけでそれが警察に評価されているだけだ。一方、キャバレーの方はもともとワイワイ賑やかに遊んで行ってくれ、という店だから組員も断っていないが、少しでも暴力的な態度を取れば、うちではすぐ警察を呼ぶ。その結果、うちではやくざより一般のお客さんの方がマナーが悪い」と笑って顔を上げた。

「クラブでは、普通のお客でも暴れて黒服の手に余れば警察を呼ぶし、粗暴な態度をとればお引き取りを願います。泥酔して来れば、最初から入店を遠慮してもらってますし、その際の多少のトラブルは覚悟の上で、以後来なくなっても仕方ありません。その原則でいえば、企業舎弟も少しでもそれをにおわす言動があれば、やくざと同等に本人や連れて来たお客さんにはっきり退去を願う。前任の三森店長の時からのやり方を引き継いで行こうと考えています」

「黒頭、それでいいぞ。組員の疑いのある企業舎弟が入店したからといって、やくざそのものの入店を認めることはない、ということだ。ママ、うちは北経連の幹部のような道内経済界の社交場であったはずだ。そういうお客が敬遠するようになる客層に頼っては先が見えないぞ。これからはルイ・ヴィトンのバッグに札束を詰め込んだお客さんは、札幌で一番ゴージャスになるとい

う〈阿房宮〉に任せようじゃないか」

6

第四一回さっぽろ雪まつりが二月十一日に終わると、翌日から街の中心部は気が抜けてだれたようなたたずまいになる。歩道に寄せられた雪も黒ずんで春の気配が漂ってくる。黒頭はその日の昼、ミツコに会った。前日、店で次席の服部が黒頭に体を寄せて「店長、ミッツに会ってやって下さい」と言ってきた。「うん、いよいよ移籍の件か」と訊くと服部は「義理堅いところがあって、お世話になった店長にひと言、と言うんです」とホールで観光に来た客の相手をしているミツコを背伸びして見る。「分かった。昼飯を予約しておくと言っておけ」と黒頭が言った。

ススキノ十字街に近い日本料理の〈東山《ひがしやま》〉に入ると、約束の時間の十分前だがミツコは待っていた。四人掛けの掘りごたつ式の小上がりに、存在感のあるスタイルで座っている。黒頭はコートを女性従業員に預けてツイードのジャケット姿で向かい合ったが、強烈な香水の匂いに思わず鼻をしかめるような表情でいる。

「ご足労かけてすみません、店長」と頭を下げるのに、

「いや、久しぶりじゃないか。こうして飯を食うのは」と笑いかけ、小上がりから体をのぞかせるようにして「おい、出してくれ。おかみさんには注文してある」と板場に声をかけた。

ミツコは明るい紺のスーツにフリルのあるブラウスを合わせ、腕にエルメスのマークをかたどった腕時計をのぞかせている。髪は前髪をポンパドールに大きく膨らませ、さらに両わきから

肩、胸へと流しているが、〈クラブ麗〉ルールの黒髪だから、冬でも暑苦しい構えだ。そして深紅のルージュにマニキュアの色を合わせ、近寄りがたい美人のスタイルを完成させている。

しかし、何よりも黒頭が辟易しているのは狭い空間に充満した香りで、スーツに合わせたディオールのプアゾンだ。この二、三年、この甘ったるい香りはオフィス街では敬遠されたが、ホステスたちの特権のようにススキノを席巻していた。しかし、〈クラブ麗〉に多い中年以上の客には評判が悪く、何事も和風好みの麗子も嫌っていた。ホステスたちもそれを知っているから、つけるとしても早い時間にスプレーしてトップノートを飛ばしてから店に出てきていた。

「すげえ匂いだな。お前、つけ過ぎだぞ」

「あら、店長はプアゾンはお嫌い？」

「どうも苦手でな。エスカレーターにいつまでも残ってるのに知らずに乗ったりすると、引き返せねえもんかと思うくらいだ」

「ご免なさい。新調のスーツを着たら、つい張り切ってつけちゃった」

「うん、プアゾンは麗子ママも苦手だが、これはお前の男の好みか、それとも〈阿房宮〉のカラーに合わせたつもりか」

ミツコは前菜に伸ばしかけた箸を置いて背筋を伸ばした。

「服部さんからお聞きなんですね」

「ああ、聞いている」

「私、店長にお世話になりながら、なんて言っていいものか。我がままだけど」

「いや、それは俺や店に謝ることはない。大事なのはうちの店をステップにススキノでもっとキャリアを伸ばせるか、それで幸せになれるかということだ」

「はい、幸せになります。石渡部長はお前なら新しいクラブできっとトップを取れると言ってくれました」

「それでいつから移るんだ」

「石渡部長は事前の研修があるから十五日の月曜から来てくれと言うの。でも、雪まつりの期間中はママにも言い出しにくくて」

「そうか、分かった。ママには電話しておくから、今晩店に出たらすぐママに挨拶しろ。それで向うでは契約金弾んでくれそうか。どんな条件なんだ」

「契約金は百八十万円。保証は半年間は小計に関係なく五万円を出す、という条件です。引き受け分のバンスの返済方法も話し合って決めるそうです」

「なるほど。あそこも金をかけてるな」

「そう、なんでもこの際、マンションを買おうというなら、頭金の足りない分を店で貸してくれるって。銀行と違って無利子だから有利だぞ、と勧めているそう。でも、お前は必要ないよな、ですって」

「お前は立派なマンション持ちだからな」と、二人は顔を見合わせて笑った。ミツコは寛いだように炊き合わせのダイコンをつついている。黒頭を中学生の頃から知っているおかみが、小上りに体を突っ込むようにして挨拶し、ミツコの品定めをして行った。

「ねえ、店長。この店、四年前に私が〈クラブ麗〉に鞍替えする時に店長と話し合いのために来たこと覚えているかしら」

「ああ、四年前の十月だ。俺のホステス手帳を見れば日付も分かる」

「その手帳に今度は〈阿房宮〉に移籍したと書き込まれるのね」

「そうだ。その後もずっとお前のことはデータを書き入れて見守っているからな」

ミツコは頷いてテーブルに目を落としている。

「お前は帯広の農家の出だと言ってたな」

「帯広のすぐ隣の町。帯広まで車で二十分もかからない」

「親はまだいるんだな」

「ええ、両親とも健在です。兄とは齢がすごく離れていて、両親が年取ってから生まれたんです」

「それなら可愛がられていたんだろうさ。ちゃんと仕送りなんかしてるか」

「ええ、もう何年も前から毎月、少しずつだけど。でも、親はそれを私の嫁入り資金だからと言って使わずに貯金していたことが二年前、私が東京で結婚すると知らせた時に分かった」

「そうか、いずれは帯広に帰ったらいいじゃないか。それともあくまでススキノで頑張るつもりか」

ミツコは箸を手にしばらく考えていた。それから目を伏せたまま、

「これまで誰にもしゃべったことがないけどね、店長」と話し始めた。

「札幌に出て来て間もなくの二十歳の時だわ。勧められてクラブでヘルプのバイトをやったことがある。一晩八千円もらえた。いいバイトだった。これで昼間何か資格になる学校にも通えるかと思ったわ。ところが、間もなく親切そうに近寄って来た若いお客に騙されて、ひどい目に遭ったのよ。マスコミにいて顔を知られている人だから大丈夫だと思っていたのに」

「ススキノでは職業など関係ない。男は男だ」

「その頃は何も知らない田舎のおねえちゃんだもの。ところが店長や黒服たちが、警察沙汰にすると懲役刑だ、あたら前途ある青年の一生を駄目にする、とか言って示談でもみ消してしまった。

妊娠しなかったのが幸いだった」

「ひどい話だな」

「そこで私は決心した。ひどい目にあったこのススキノで絶対成功してみせるって。それから五年、本当に必死で働いた。そして店長にこの店で〈クラブ麗〉に誘われたのよ。この四年は成功とまでいかないにしても、中堅クラスのホステスの生活を送らせてもらってるわ」

「しかしだ」と黒頭が言った。「これから先は分からんぞ。今のお前はでっかいリスクをしょった女だ。分かるか?」

ミツコは顔を上げて黒頭を見つめる。

「男だ。車屋と言う男だ。こいつはお前の将来になんの希望ももたらさないぞ。やくざの女房でもそうだが、単なる情婦ならなおのことだ」

「それは、たしかにそう思う」

「お前、帯広の両親と男とどっちが大事だ」

「そりゃ親の方が大事だと思っている」

「そうか。車屋とはよく街に出たりするのか」

「あまり大っぴらに出歩くことはないわ。奥さんがいる男で有名人だから、私と一緒じゃ目立つし。彼はやくざの女房はすべて承知で家を守ってるんだ、なんて見栄を張ってるけど」

「周りに護衛の子分がいても当てにならんぞ。二人きりで出歩くな。特に夜は絶対駄目だ。カップルで飯など食おうとするな」

ミツコはじっと思案していたが「彼は、オレはいつ殺されるか分かんねえぞ、と言っている。やはり本当に危ないのね」と呟いた。

「そうだ。親を悲しませるなよ。これから先ずっと、二人で並ぶ時は歩いていても一歩さがってろ。危ないと思ったら横に動いて男の陰に隠れるんだ。これは俺がお前に贈る言葉だ」

7

三月一日夜、黒頭は〈クラブ麗〉のトイレに立った常連客の一人を捉まえて訊いていた。

「ガンさん、〈阿房宮〉のオープンに行かれたそうですね」

北海道の経済団体、北経連の会員では若手といわれる相手は、アルコールが相当入った顔つきでソーダファウンテンのわきの壁に肩をもたせて、

「うん、木、金、土の三日間が招待日だったが、やはり初日に顔を出そうと行ってきたところだよ」

「どうでしたか」

「どうでしたと言ったって、出したご祝儀分ぐらいは飲んできた。やたら政治家が威張っててつまらんから、やたら飲んでた」

「何を飲まれたんです」

「とりあえずビールを飲んで、シャンペン、ワイン、ウイスキーだな」

「ビールは何ビール？」

変なことを訊くといった表情で「ビールはアサヒよ」

「店のつくりはどうですか。ボックス席の配置なんか」

「うん、ボックスはゆったりしてほかのお客と顔を合わせないようなつくりになっている。VI

Pのお客には喜ばれる。これにもな」と頬に人差指を走らせて「一般のお客も怖い思いをしないですむだろう」

「政治家のお客さんが多かったんですか」

「うん、道議会議員は本人が来てたが、代議士先生はほれ、国会の関係でほとんど秘書よ。その秘書が大きな顔しててな。われわれ経済人はそれに比べると、みんな紳士に見えたな。青柳専務と石渡が並んで挨拶してた。これは見ものだ、歴史的な事件だ」

東京の大学を出て札幌に帰り、親の経営する土建会社に入ったガンさんは、すぐクラブ通いを始めたのでススキノのクラブ事情は業界人並みに詳しい。専務と石渡の確執などは、そのきっかけのエピソードから知っている。〈クラブ麗〉には、黒頭が入社した年から通い始めたから「俺たちは〈クラブ麗〉の同期生だよな」と黒頭とは気軽に話してくれる。彼が「従業員には勤続表彰があるのに、なんで客にはないんだ」とママに酔って絡んだことから、昨年十二月、店内で二十年勤続の表彰式が行われ、麗子ママが『二十年間、支払いを溜めなかったこと、一人のホステスも口説き落とせなかったこと』を称賛する表彰状を読み上げた。

「客もホステスもほとんど知った顔ばかりだった。新しい店なのにまったくつまらん」

「ガンさん、何か別の趣味を持った方がいいですよ」

「全部やり尽くした。残るのは空の方だが、北経連のボスのようなお金はないからな」と、自家用のセスナ機を持つ経営者をうらやむ。「何しろ、昼は親父にこき使われ、休日は女房とガキへのサービスだ。自由な時間は夜しかない」

「ところで、ホステスの中にミツコを見ませんでしたか」

「ああ、いたぞ。石渡はミツコを磨くにいいだけ磨いたな。光り輝いていた」と答えてから、ガンさんはふと眉を寄せた。「お前、なんでミツコを石渡に売った？」

「石渡さんと相対ずくじゃありませんよ。彼女の事情で勝手に鞍替えしたんで」

「ふーん、まあそれはそのうち分かるさ」とテーブルにもどって行った。

〈阿房宮〉の開店からひと月余り、その後の客の入りなど、噂は黒頭も耳にしていたが、自分のクラブの経営に専念せざるを得なくなって、ミツコのこともいつの間にか気にならなくなっていた。

四月三日夜、黒頭がソーダファウンテンのバー・チーフと話していると、新しい客を迎えた麗子が服部と慌ただしくやってきた。

「店長、北人会の車屋が撃たれて死んだと言ってますよ。夕方の話です」と服部が言う。

「もう一人、怪我したのがいるようだって」と麗子。ちょうど午後九時半だった。

黒頭は黙ってレジに行くと「おい、〈阿房宮〉の電話わかるか」

電話を引き寄せ、レジの女性が開いて差し出すススキノ関係の電話番号のノートを覗き込みながらプッシュボタンを押す。電話に出たのもレジを担当する女性らしい。

「もしもし、ミツコさんをお願いします」

「いま、いないんですが」

「お休みですか」

「いいえ、出勤はしてるんですが、ちょっと呼ばれて外出したんです」

「警察からですか」

「そ、そのようです。今晩は店にもどらないと思いますよ」

そばで聞いていた麗子と服部に、

「ミッツは無事だ。警察で事情を聴かれているようだ」

「石渡を出して訊けばいいのに」と麗子が言う。黒頭は苦笑して首を振った。

「ミッツが移籍した時、石渡さんとはちょこっと話したんですが、車屋のことは何も教えていなかったんです。今さら話しにくいですよ」

「石渡さんのことだから、その後すぐミッツの男については分かったでしょう。それが仕事ですから」と服部が言う。「でも、あの人はミッツを獲得したことを喜んでいたようですよ。期待に応えて彼女はいまあの店でナンバーワンの売れっ子ですからね」

その服部が閉店までにあちこちに電話して、事件の情報を集めて黒頭に報告した。

「時間は午後六時ちょっと過ぎだったそうです……」と服部が言う。二人はソーダファウンテンと客席を仕切る透かしの入った衝立の陰で話していた。店内には営業終了を知らせるラスト・ソング『メリー・ジェーン』が流れていた。最後まで残っていた客たちが立ち上がって、ホステスがクロークから出してきたコートを着せてもらっている。一番新しく入ったホステスがマイクを持って、来店のお礼とまだ四階で営業している系列のスナックの案内をアナウンスしていた。麗子は正面ドアのそばに立って、客たちを送り出している。黒頭と服部は衝立の陰からいつもの閉店の光景を眺めながら話す。

「……場所は大通西二八の交差点だったそうです」と服部。

「それはミッツのマンションの近くだな」

「交差点に一時停止した車屋の車に、跡をつけて来た車から降りた二人が、窓越しにリアシートに座っていた車屋を撃った。車屋はほとんど即死、並んで座っていた子分は腕に怪我をしたようです。撃った二人は今のところ捕まっていない」

黒頭はレジからミツコのマンションに電話してみたが、応答がない。留守番電話に吹き込んでその夜は帰った。

翌日朝、黒頭は豊平《とよひら》川河川敷の緑地帯を走るいつものトレーニングを省略した。ミツコのマンションの電話はやはり応答がなかった。替え上着にバーバリー・コートを羽織って自分のマンションを出ると、まだ肌寒い風の吹く街を三十分近く歩いて〈モローチャ〉にやって来た。

「今日は早いのね」とママの万里子に迎えられ、

「今朝はランニング省略さ」と答えてカウンターに向かった。店内には通勤前のサラリーマンらしい男の客がまだ残っている。黒頭はありったけの新聞をカウンターに集め、トーストをかじりながら目を通した。自宅でテレビのニュースはチェックして来たが、新聞を読んでも前夜服部が確認した基本的な情報以上のものはない。

二人のヒットマンは合わせて八発を車屋の乗ったプレジデントの後部座席に撃ち込んだ。車屋は頭と胸を三発撃たれ、隣に座っていた子分には一発が右腕に命中している。車屋は友人のマンションを一時間余り訪ねた帰りに襲われたと書かれていた。前の年に道内で発生した暴力団の抗争のうち、札幌での事件にはいずれも車屋の組が関係していたことから、手打ちでは解消し切れなかった恨みが今回の動機にあるのではないか、と推測されていた。

黒頭は新聞を読み終えると、何か話したがっている万里子に手を振って店を出ると、木村商事の事務所に顔を出した。ここでも早い出勤を不審がられている。事務所の大部屋に出勤しているのは総務部の社員たちで、総務、営業の両部長をはじめ、夜の遅い営業や管理の社員はまだ出ていない。黒頭は電話を取って、情報を持っていそうなところに片っ端からかけてみる。天道組とは全然系統が違う知り合いの組員、さらに北酒販の八田にも電話した。八田はもちろん前夜もススキノで飲んでいた。車屋死亡のニュースが流れたばかりのススキノの裏社会の感想を集めていた。

「クロちゃん、今回の襲撃は間違いなく一天会系の鉄砲玉によるもんだよ」と八田が電話口で確信したように言う。「全道的に去年の秋あたりから、一天会は組織の切り崩しに遭ってるんだが、札幌では今年に入って車屋の動きが目立っている。本来の天道組にもどってくれ、と言う口説き文句には弱いからな。幹部クラスに近い組員も寝返るケースが出て、一天会ではとうとう我慢の限界を超えたんだろうよ」

午前十一時近く、木村が出勤してきた。黒頭をちらりと見て、手招きしながら社長室に入ってゆく。走り寄るように黒頭は後を追って社長室に入った。

「昨夜は大変だったな。警察情報では、やったのは一天会のようだ。実行犯はすぐ割れると言ってる。これが大規模な抗争に発展しなきゃいいが」

「どうですかねえ。車屋はまだ天道組では小物ですからね。ただ、いわば身内での争いですから、違った組織の場合より手打ちが難しいかもしれませんね」

木村は上着を脱いでヴェスト姿になると、デスクを前に座って早速パイプを手に取ると、警察から聞いた襲撃の状況を説明した。

二人のヒットマンを乗せた目立たない小型車は、襲撃の二時間ほど前から車屋の乗った黒塗りのプレジデントを尾行していたようだ。午後四時半近くにミツコのマンション前に車を停め、二人の子分が車屋を護衛しながら車からマンションの玄関ホールまで送り届け、また車にもどって待機していた。警戒は厳重のようだった。午後六時十分ごろ、携帯電話に連絡をもらった子分二人がまた玄関ホールに入って、エレベーターから降りて来た車屋を挟んで車に乗り込んだ。十五メートルほど離れた歩道際に車を停めていたヒットマン二人は、出て来る車屋を襲撃することもできたはずだが、子分二人の目配りは尋常でなかったし、歩道には地下鉄駅から地上に出て来た市民がたくさん歩いており、発砲して車屋が逃げれば巻き込む危険があった。

プレジデントは車屋を乗せて西に向かい、円山《まるやま》公園の入口への道路を直進しないで左折して南へススキノを目指した。ここの信号に引っかからずにすんなり左折できることはあまりなく、ほとんどが信号待ちで一時停止する。これが襲撃のチャンスだった。プレジデントの数メートル後ろに停まった小型車から降りた二人が、両側から車屋の座った後部座席に38口径の拳銃弾を撃ち込むと、あたりの車を威嚇しながら自分たちの車に乗り込んだ。信号を無視して交差点に進入し、Uターンして東の方に走り去ったと言う。サングラスをかけただけで、顔も隠していない若い男たちだった。

「黒頭、ミツコと連絡がついたか」

「いいえ、ゆうべからマンションに帰っていません。警察に呼ばれて事情を聴かれているはずなんですがね」

「石渡も困惑しているだろう。今度の事件は〈阿房宮〉にとってどうだ」

「あそこはクラブが一つだけじゃありませんからね。数ある中のホステスにはそんな女もいるだろう、ということになります。〈キングダム〉としての打撃はそれほど大きくないだろうと思いますよ。しかし、もしミツコが今回うちの女だったら」

「そうはいかないかな」

「ええ、うちはクラブ一軒だし、ハコが小さいから目立ちます。道内の雑誌もターゲットを絞った書き方ができます。悪くすると志野にまでとばっちりが行きかねません。そうなったら、うちのイメージは最悪です。ミッツを〈阿房宮〉に行かせてよかったと思ってます」

「お前、車屋が殺されることを知っていたわけじゃあるまい」

「こんなに早くやられるとは思いませんでしたが、いずれなんらかの事件で新聞ダネになることは予想していました」

　木村のデスクの電話が鳴った。木村が手にとって聴いていたが「お前にだ」と電話を突き出す。黒頭は機敏に立ち上がって電話を取った。

「ミツコさんから来てます。つなぎますよ」と総務の女性。

「おい、俺だ、黒頭だ」と飛びつくように言った。

「あ、店長、ミツコです。ご心配かけました」

「昨夜どうしてたんだ」

「警察に連れてゆかれていろいろ聞かれたのよ。その後送ってくれるといわれたけど、マンションに帰りたくなくて、たまたま今のクラブの女性で以前から知っていた人がいて、その人の部屋に泊めてもらったの。いま帰ってきて留守電聴いたところ。これから石渡部長のところにゆくのよ」

「彼は残念なことになったな。お前、大丈夫か」

「私は大丈夫よ。ただ、奥さんが可哀そうだと思う。私ね、あの時の店長の言葉を守ったのよ。彼が一緒に飯を食べに出ようと誘ったの。私は七時に出勤しなきゃならないからといって断ったわ。このことを店長に何よりも知らせたかった。お礼を言いたかった」

「そうか、そうか。よくやったな。偉いぞ、偉い……」と言いながら黒頭の目が潤んだ。

木村がパイプをくわえて、何事だと見上げている。

「店長、私ね、ゆうべひと晩考えて、故郷《くに》に帰ることにした」

「うん、そうか。決めたか」

「一年間は、しばりがかかってるから働かなきゃならないわ。今度のことがあって辛いことになりそうだけど、頑張ってお金を貯めて今のマンションも売り払って、帯広にお店を持とうと思うの。親のそばに帰るだけじゃなく、何かやらないと、ね」

「うん、それがいい。働くのは親の助けにもなる」

「その時は店長のホステス手帳から私の名前は消えているのね」

「ああ、喜んで消させてもらうよ」

夜よりも黒く

I

黒頭悠介《くろずゆうすけ》は全力で走っていた。〈クラブ麗〉から北へ、華やかな照明が彩るススキノを南3条の花柳《はなやぎ》ビルを目指している。タクシーを拾うこともできたが、人出の多い〝花金〟の午後八時過ぎ、日ごろから朝のロードワークで鍛えた脚で走った方が早いと判断したのだ。タキシードふうの黒服姿で歩道を行き交う人の隙間を縫うように走り、時には車の切れ目を信号無視で横断歩道を駆け抜けている。札幌《さっぽろ》でも夜の冷え込みが緩み、桜の蕾が膨らんできた四月二十一日のことだった。

その直前、店長を務める〈クラブ麗〉に木村《きむら》商事の山内高広《やまうちたかひろ》総務部長が電話してきたのだ。山内は前の年に会社が買収した花柳ビルに仕事場を持っている。

「おい、店長。ビッグ・ママが屋上から隣の空地に落ちたぞ。早く来い」

「えっ、それでどう、大丈夫なんですか?」

「バカ、大丈夫なもんか。いま救急車が来ている。とにかく急いで来い」

ビッグ・ママと呼ばれる松本久子《まつもとひさこ》は、市内では大手の仕出し・給食会社カネマツの会長だ。花柳ビルの隣にある空地の持主で、そこに和食のレストランを夏には開業しようと工事を急がせていた。

ススキノの賑わいから少し外れた一角に救急車と二台のパトカーが赤灯を光らせていた。寄ってきた野次馬はまだ百人ほど。五階建ての花柳ビルは一、二階が営業中で照明が明るいが、三階以上の窓はぽつぽつ灯が見えるだけだ。ビルの西側は五メートル余り、古い言い方では間口三間という空地で、工事現場を仕切る白っぽい塀が立てられ、小さな潜り戸から慌ただしく救急隊員が出入りしている。その前に停められた比較的大型の救急車に近寄ろうと黒頭が人をかき分けて出ると、

「あ、近寄らないでください」と警官に止められた。

黒頭は救急車のそばに山内がいるのを見つけて手を振った。カーキ色の作業用ジャンパーを着た山内が小走りに来て「すみません。この人、関係者なもので」と黒頭を引っ張って行った。

「部長、いったい何が起こったんです。ビッグ・ママが来ていたんですか」

山内は順序立てて説明しようと唾を飲み込んだ。早口にしゃべりはじめる。

「私は三階の事務所にいたんだ。外が騒がしいんで、エレベーターで一階に下りて外へ出ると、隣の空地の現場にいる作業の人たちが騒いでいた。顔見知りになっていたんで、どうしたと訊くと会長さんが土台の立ち上げの高さ一メートル半くらいある棒鋼の上に落ちて、背中から斜めに二本、腹の方へ貫いて途中で止まってる、と言うんだ」

黒頭は思わず口を開け、顔をしかめる。

「即死ですか」

「いや、喉からヒュウヒュウというような音を立てていたそうだ。すぐ119番を呼んで状況を説明したんで救急医が乗って来て、応急手当てにかかった。そこで私は君に電話した。医者は静脈からリンゲルか何かにステロイドやら昇圧剤を加えて入れたり、酸素吸入もやったりと無駄を

承知でいろいろ手を尽くしたようだ。しかし、それから十分もしないうちに息を引き取った。医者はあとは死体検案書を書く警察医の仕事です、とばかり引き揚げちまった」

現場にはいつの間にか札幌中《さっぽろなか》警察署の捜査車両が二台増えて、救急隊員の代わりに地味な服装の刑事たちが出たり入ったりしていた。中でカメラのフラッシュが光る。

「そうか、ビッグ・ママが死んだのか」と黒頭が言って立ちつくす。

「そうなんだ」と山内が額に手をやって俯いた。

ビッグ・ママをこの地獄の舞台に引っぱり出したのは、さかのぼれば山内と黒頭だった。

前の年の平成元年四月、木村商事は花柳ビルを七億円で買収した。その一月末、社長の木村満洲男《ますお》は道拓《どうたく》すなわち北海道開拓銀行の木田《きだ》常務に札幌駅前通周辺の地図を見せられ、印をつけた七つのビルのうちどれかを買ったらと勧められた。その中から木村はこの花柳ビルを選んだ。

ここで紙問屋を営んでいた柳原秀三《やなぎはらひでぞう》が隣接の商店二店を立ち退かせ、自分の所有地に地上五階、地下一階のビルを建てたのは昭和四十年のことだ。八十歳を超え、ビル経営に意欲をなくしたのがビル売却の理由と聞いていたが、山内が会ってみると柳原は認知症になりかかっていた。ビルと土地の売却に熱心なのは妻と東京にいる一人息子で、売却収入で息子が東京に家を建て、両親を引き取って面倒を見る約束のようだった。

売却についての彼らの希望価格は七億五千万円だった。一二〇坪(約三九五平方メートル)の敷地を坪六百万円で計算し、さらにビルの値段を三千万円上積みした価格だ。山内が道拓を間に入れて交渉した結果、テナントが多いうえビルの現況から家賃の値上げが難しく、建物の存在がかえって土地の価格の足を引っ張っているとして五千万円を値引きさせ決着したのだ。木村商事は自己資金一億円を用意し、道拓から六億円を四・八％の金利で融資を受けた。事務所の坪当たり月額約一万円の家賃は現状でも年間約七千万円あり、借り入れてもなんとか回っていけるだろう、というのが木村と山内の計算だった。

ススキノの外に賃貸ビルを買うことに、麗子ママは脱水商売の夢をかけて大賛成だった。営業部長の早野征司《はやのせいじ》は道拓の「何も買ったビルを持ち続ける必要もない。三年たてば大幅に値上がりが見込めるから、売ればいい」という提案に魅力を感じていた。木村はススキノに近いのに、華やかさの感じられないこの一角を、ビルをリニューアルすることで活性化できないかと考えており、当初はビル買収に乗り気でなかった山内も、木村の考えに沿ったプランを練り始めていた。黒頭はこのビルの地下にある生パスタが売りの小さなレストラン〈マンマ・ミーア〉によくホステスを連れて来ており、玄関や外壁の装飾が気に入っていた。ビルが三年後も値上がりしてゆくことには疑問を感じていたが、ビルを核とした活性化という木村の考え方に賛成した。

花柳ビルの三階にある小さな空き部屋が事務局となり、山内は部員一人とアルバイトの女性を従えて週の半分ほどここに詰めていた。黒頭も日中は三階によく足を運び、山内の指示で特命事項を担当した。

山内はまず長らく放置されていた外壁の化粧直しに手をつけた。薄汚れていた壁を洗い出し、剥げかけたタイルを補修すると、もともと柳原がこだわりを持って建てたビルだけに、思いがけないお洒落な外観が人目を引くようになった。地階は黒頭の馴染みのイタリアンの店、蕎麦屋、ビル建設当時からクラシックのレコードをかけていた喫茶店が入っており、手の付けようがなかった。一階には柳原が紙問屋を廃業した後、本州のアパレル企業が出店していた。婦人服と子供服に強い品ぞろえで、市内の量販店などへの卸売りが中心だったが、山内が支店長と話し合ってショーウインドーのディスプレーを目立つものにしてもらった。さらにセルフサーヴィスのコーヒー店や外資系のドーナツのチェーン店を誘致した。

二、三階も飲食店中心のテナントに変えてゆく方針だった。そのため空調や冷暖房の設備を更新したが、入居部分は金曜深夜から日曜深夜にかけて五週工程の工事になった。さらにブロックの間仕切りを取り壊して小間割りの一部を変え部屋に余裕を持たせた。工事中にテナントが移る仮事務所は木村商事側で費用負担し、完成後は全室大幅に家賃を値上げした。これを嫌って立ち退いたテナントも出て、二、三階に飲食関係を入れる余裕が生まれた。二階にはまず、老朽化した店の建て直しを迫られていた付近の老舗すき焼店が入った。

こうしたリニューアルが進む一方で、花柳ビルのイメージアップの障害になりかねないのが、西隣にある空地だった。もう十年以上も放置されたままで、テレビなど古い家電や壊れた家具などが捨てられてある。地主が見かねたのか波形トタンを塀代わりに建ててあるが、隙間だらけでかえってこの敷地をみすぼらしく見せている。隣のビルが華やかに装うほど落差が大きく、ビル自体の印象を壊しかねなかった。通りの向かいは飲食店やブティックなどで人通りもあるのに、花柳ビル側だけが廃業したのに看板もそのままという無人の店もあって人通りも少ない。木村は山内に指示していた。

「おい、空地の地主を探し出して、なんとか土地の活用を働きかけてみろ。知恵がなければお貸ししますとな。うちが買えばいいのだが、三〇坪もあるとすると二億円近くになる。手が出ない」

2

花柳ビルの前の野次馬は三百人を超える数になっていた。一方通行の道路なので、車道の半分近くが野次馬の領域になって、残りの片側を車の窓から何ごとかと運転者がのぞいて通り過ぎてゆく。集まった野次馬も膠着状態の現場に、あれこれ憶測を交換しながら見守るだけだ。

「死体をどう収容するんです」と黒頭が山内に訊いた。

「収容するには鉄筋から切り離さなきゃならない。ところがパトカーも救急車も太い針金ぐらいは切れるが、直径一六ミリの棒鋼を切断する道具はない。この工事を請け負った業者の作業車は当然鉄筋カッターを持っているが、いま本社に向かって帰る途中だ。引きかえさせようにも連絡が取れんのだ」

「無線か何か本社と連絡手段を持っていないのですか」

「ないそうだ。そこで消防の方でいま手配しているところだって」

「ビッグ・ママもそれまで宙吊り状態ということか」

空地の持主はすぐには分からなかった。十数年も利用されずにいたことで、周辺の住民も慣れっこになって、誰が地主かなど気にしなくなっていた。法務局で土地登記を調べてみて初めて松本久子の名前が出てきたのだ。その土地を昭和五十一年に競売で入手していた。そしてその名前に山内は縁があった。

「松本久子といえば、札幌では逆境から這い上がった成功者として知られているが、私が信金にいた頃に融資でお世話したことがある。これは話しやすいぞ」

「じゃ社長も知ってますね」と黒頭が訊くと、

「いや、社長が信金を辞めて独立した後のことだから、直接は知らないだろう」

山内によると、松本は子供の頃に両親を亡くし、中学を卒業してすぐ大衆食堂や仕出し業を営んでいた市内の古くからの業者に引き取られ、住み込みで働き始めた。そして二十九歳になった時、独立して南1条の電車通り沿いに小さな店を借りてたった一人で食堂を開業した。住む部屋を借りる余裕もなく、ずっと食堂に泊まり込んでいたという。数年で近くに移転して食堂を大きく構えたが、このころから役所や会社への出前に力を入れ始め、自転車で配達に走り回る若者を何人も使っていた。

山内が松本を知ったのは、彼女が仕出しと給食業の専業化を図った時だ。食堂の近くに確保した土地に調理工場と配送センターを建設する資金を道都信用金庫が融資することになり、山内がその窓口となったからである。山内は信金を辞めて木村商事に入るまでの三年ほど松本を担当して付き合った。

「女手一つであれだけの会社に育て上げたことで分かる通り、休むことを知らずに働く人だった」

と山内が黒頭に教えた。

「それでいて、市内の養護施設には毎年必ず相当額の寄付を絶やさなかった。そしてそうした施設出身の若者をよく従業員に採用していた。彼らのママにあたる施設の女性のさらに上に位するというので、奉られたのがビッグ・ママという呼び名なんだよ」

黒頭がビッグ・ママに会ったのは前年の平成元年十月のことだった。予め訪問の予約を入れていた山内に連れられて、カネマツ給食センターを訪れると二階の会長室に案内された。調理ライ

ンに薄水色の制服の女性たちが取りついている工場が窓から見えるこじんまりとした部屋だ。それを見下ろしていた小柄な女性に、

「こんにちは、松本さん、会長さん。長い間、ご無沙汰でした」と山内が声をかけると、振り返って、

「ああ、山内さん。お懐かしい。私こそ、お世話になりっぱなしなのにご無沙汰で」と握手の手を差しのべて「お電話いただいて、いっぺんに十六年気持ちが若返ってしまったわ。あの頃は私もこんなばあさんじゃなかった」

「何をおっしゃいます。ちっともお変わりないじゃありませんか、会長さん」

「水臭い呼び方だわね。あの頃は社長さんでもなく松本さんだったわよ」

黒頭は一歩ひいて二人のやり取りを見守っている。

「さて、このいい男はどなたかな」と松本が見上げるようにして微笑した。

黒頭はすかさず名刺を渡す。松本はそれに目を落としながら自分のデスクにもどって、名刺の箱を取り上げた。

「あ、やはり木村商事さん。営業部課長というと何をなさってるのかしら」

「弊社の経営しておりますキャバレーの副支配人を務めております」

「はあ、なるほど……」と言って松本は窓のそばの応接スペースに二人を導いた。

松本は結婚したことがなく、ちょうど六十歳になるはずだった。小柄だが骨太でがっちりしており、四十五年余り働きづめだった生活をこの体が支え続けたのだろう。笑みを絶やさない丸顔が誰にでも親しみと安心感を与える。白いブラウスにベージュのカーディガン、茶色のスカートをはいて、身なりにはあまり気を遣わないようだ。黒頭を気にしながら、

「キャバレーの方と一緒に来られては、今日のご用件は私にはさっぱり見当がつきませんわね、

山内さん」

「申し訳ありません。お電話では簡単にお話しできなかったもので」と山内は軽く頭を下げて「実は私どもの会社では今年の四月に花柳ビルを買い取ったのです。松本さんのお持ちの土地に隣接しているビルですが」

「ああ、あのビルね」

「弊社の社長の木村ですが、私と一緒に信金に勤めていたことがあります。その木村はあの通りの一角が何か寂しい、元気がないと感じておりまして、なんとかできないかとビルのリニューアルに取り組んでまいりました」

「あら、そうだったの。しばらくあの辺りには足を運んでいないもので」

「それで、隣にお持ちの地所をどのようになさるのか、とお訊きに参ったわけです。私どもとしましては何か積極的に活用していただけないものかと、勝手なことを考えておるわけですよ」

「いまのところ、どうという計画はないのよ」

「会長さんはあの土地を昭和五十年に買われていますね」と黒頭が口を挟んだ。

「しかも競売で落とされて取得されています」

「人気がなく入札が成立するかといわれているのを聞いて、安く買えるかなと考えたのよ」

「株式会社マツモトでなく、個人で買われていますね」

「そう、その頃にはいずれ育てた後進に社長の座を譲り、また一人になって今までやれなかったことに取り組んでみたい、なんて気はあったのよ。でも、その後に肝臓を患ってしまってね。短期だけど入院もしたわ、やっとよくなったと思ったら、第二次オイルショックでしょ。お客相手の商売のスタートには二の足を踏むわ。今はほんとに何もやる気がないのよ」

「なるほど。競売が成立しないのではと先ほど言われましたが、その辺の事情を承知されて買われたのですね」

「黒頭さんの言われることは私にも見当がつくけど。あの区域を賑やかにしようという木村商事さんに何かアドバイスがあるなら伺うわよ」

「これはいい……」と山内が言う。「どうですか、今日は顔合わせということですから。これからこの黒頭を度々松本さんのところに伺わせます。こいつは木村の信頼も厚いわが社のエースですわ。なんでもご相談して下さい」

3

「お、帰って来た、帰って来た」とだれかが叫んでいる。

パトカーの警官の誘導で野次馬をかき分けるようにして、グレーの少しくたびれたワンボックスカーが救急車のそばに停められた。空地の工事をやっていた建設会社の作業車だ。運転手が帰社の途中、煙草を買ったついでに社に電話を入れたため現場での事故が分かり、引き返して来たのだった。

車のリアドアが跳ね上げられ、後片付けで残っていた作業員が上半身を入れて、長さ一メートル近い油圧鉄筋カッターを抱え出す。電動式らしく「おい、電源だ、電源」と叫んでいた。消防隊員や刑事たちが慌ただしく現場に入る潜り戸へ屈み込んでゆく。

「鉄筋カッターが着いたようだぞ」と山内が黒頭に言った。

「どのくらいで切れるもんですかね」

「径一六ミリなら、一本五、六秒で切ってしまうそうだ」

「どの辺あたりから切るのか、難しいですね」といった黒頭の肩を「おい、クロ」と誰かが叩いた。振り返ると、黒頭の子供時代からの仲間、不動産屋の中西大地《なかにしだいち》だ。紺色の特大のスタジャンを着て、髪の毛を逆立てている。息が荒い。

「なんだ。大地。よくここが分かったな。どこで聞いたんだ」

「飲んでたんだよ。入って来たお客さんが、花柳ビルの隣の空地に女が落っこって騒ぎになってると言ってた。それで走って来た。いやな予感がしてさ」

「そうか」

「女って、まさか……」

「ビッグ・ママだ。そのまさか」

「へっ、ほんとかよ」という大地の顔は汗ばんでいるくせに白茶けていた。足を止めたら必ず手に取るはずのハイライトのパックもない。手で顔を撫で回して、

「こんなことってあるもんかね」


山内たちのプロジェクトが進展するにつれ、花柳ビルに隣接する目障りな空地の話題が頻繁に交わされるようになってきた。地主が松本久子だと分かって間もなくの九月、黒頭は中西不動産を訪れていた。飲食店で埋まったビルの最上階の七階でエレベーターを降りると、磨りガラスに黒く社名を書いたドアを押し開けた。

正面の大机に大地の父親の中西武次《たけじ》社長が座り、そのわきに直角に向けたデスクに大地が窮屈

そうに体をかがめている。黒頭はそばに行って挨拶した。

「しばらくです、オヤジさん。お元気そうで何よりです」

武次社長は円いフレームの眼鏡をずらして、黒頭に上目遣いのまま、

「なんだね、クロちゃん。大地は遊んでる暇はないよ。いま説教していたところだ」

「ちょっと大地に教えてもらいたいことがありましてね」

大地は別室の応接室に黒頭を引っ張って行った。

「今日は女の子が休んでいるので、お茶は出ないよ」

「オヤジさん機嫌が悪いな。お前何かやったのか」とレザー張りのソファにふんぞり返って訊くと、大地は頭を掻いて頭垢《ふけ》を飛ばした。

「ちょっとこのところ、サボってて営業成績が悪いのよ。来月は小遣いも厳しいな」

中西不動産の主な仕事は土地・建物の仲介だ。営業の若い社員二人は、固定給のほかに仲介手数料からコミッションを受け取っており、それが重要な収入源だ。業界では営業社員が受け取るコミッションは二〇％が普通だが、中西では三〇％払っている。四〇％は税金となり、会社には三〇％残ることになる。大地は専務を名乗っているが単に対外的な肩書で、役員報酬ではなく従業員と同じ給与システムだ。給料日になると、大地の妻の小百合《さゆり》が会社に固定給部分を受け取りにくる。さらに大地が家に帰ると、貰ったコミッション部分も家計状況に応じて召し上げられる。その配分には名前に似合わない体格の元柔道部員の妻にいつも分があった。

「お前は羨ましいな。高給が一人で自由に使える。俺などはお前んとこのクラブへなんか遊びに行けないよ」

「営業に精出せよ。それとも、お前も地上げやるか。クラブで遊んでるのは、まともな不動産屋

じゃないぞ」

「なんだ。俺に訊きたいというのは」

「知っての通り、いまうちでは花柳ビルとその周辺をもう少し街らしくしようと頑張っている。ところが、ビルの隣に十何年も空地のまんまの地所があってな。仕出しと給食のカネマツの松本久子会長が競売で取得したらしいが、なぜかそのままにしている。近近彼女には会っていろいろ働きかけてみるつもりだが、ひょっと思い出したのは、今年の二月にあのビルを買って、周辺を生き返らせたいと言った時、お前があの辺は因縁付きで面倒だ、みたいなことを言ってた。そんな時は気にも留めなかったが、最近思い出してよ」

「おう、因縁付きと言ったのはその土地のことだ。なんでも、これがらみで……」と大地は両手を胸の前にぶらぶらさせる。

「なんだ、それ？」

「へっ、幽霊がらみよ」

「お前がやると、さっぱり幽霊に見えねえぞ」

「親父が話してたんだ。訊いてみようや」と言い、二人は事務室にもどった。

「社長……」と父親を呼んで「クロが花柳ビルんとこの空地の因縁話を知りたいっていうんだ。ビルのリフォームのからみで気になってるそうだ」

「カネマツの会長が土地を買う前に何かあったんですか」と黒頭がそばの椅子に座った。

「ススキノの外のことなので俺もよく分からんのだがね」と武次が眼鏡を外した。

「あそこにはもともとカネト戸村《とむら》と言ってな、戦前から金物を扱う店があったそうだ。初代だった主人が亡くなって、金太《きんた》という長男が跡を継いで母親と二人で暮らしていた。その後、母親も亡くなって長男一人で商売をやっていた。しかし、オイルショックの年の暮れ、経営が行き詰まったんだといわれるが、家で首を吊ってしまった。ところが、この金太には双子の弟の銀次《ぎんじ》というのがいたんだ。不仲でそれまで付き合いがなかったのだという。跡を継いで、縁起の悪いその家を取り壊してしまった」と続けながら武次はちょっと戸惑った表情で、

「次の年だというから、昭和四十九年の秋のことだな。この銀次が空地で死んでいるのが見つかった。隣の花柳ビルの屋上から落ちたらしい。昼間のことだが誰も見ていない。なんでもその土地に家を建てるようなことを近所には話していたそうだから、金は持っていたのだろう。銀次には身寄りがなかった。先代は本州から来たようだが、身寄りも見つからない。それでこの土地は国の競売となった」

「それをカネマツの会長が取得したわけですね」

「ところが、全然利用しないで放置されている。手に入れてから、二人も死んだ因縁を聞いて恐れをなしたんだろうな」

4

「おい、鉄筋を切るっていうのか?」と大地が黒頭の腕を摑んで言う。

「うん、それ以外に遺体を収容しようがないんだ。だからいま油圧カッターで切ってるところだ」

遺体を収容する濃い灰色の警察車両が歩道の際に付けられ、空地から車の後部にまでブルーシートの壁が出動服を着た警官に支えられてできていた。取り囲んだテレビのクルーがカメラの

ライトを点けたり消したりとテストしている。

そうした動きから避けるように、カネマツの幸坂日出夫《こうさかひでお》社長ら数人の社員が固まって成り行きを見守っている。ビッグ・ママが信頼して跡継ぎに据えたといわれる幸坂は、黒頭が近づこうとすると顔を背けた。顔見知りとなった幹部の一人も、黒頭に気づくとソッポを向いた。ビッグ・ママのこの災難はすべて黒頭たちの動きから始まったと思っているのだ。

あたりがざわめいた。ブルーシートが高く掲げ上げられる。空地をふさいでいた白い塀が一部取り払われた。担架に載せて遺体が車内に運び込まれたようだ。ブルーシートが畳まれ、車は走り去った。ヘルメットをかぶった作業服の男が現場から出て来た。建設現場の監督だ。山内が近づいて、

「お疲れさまです。大変でしたね」と小声で話しかけた。黒頭たちもそばに寄って声をかけた。監督は濃いひげの頬を手拭いで拭った。消耗し切った顔つきだ。

「どこから鉄筋を切断したんですか」と山内が訊いた。

「背中の際です。腹の方にはまだ二本、二〇センチぐらい突き出たままです」

「抜くことはできないでしょうね」

「抜けませんよ。でも警察で解剖するそうですから。その時になんとかするんでしょうな」


十月に松本に会ってから、黒頭は毎週のようにカネマツを訪れた。給食センターの内部を案内してもらい、会長室にもどると松本のかつての苦労話を聞いた。ある日、麗子ママに呼び出されて、昼食をエサにクラブについて相談され愚痴を聞かされたことがあった。

「ところでサブマネ、営業部長に聞いたけどお前、この頃、カネマツのママのところに通ってる

そうね」

「ママじゃありません。ビッグ・ママです」と言うと、麗子はぴしゃりと言う。

「何がビッグ・ママなのさ。いい歳の女なんでしょ。こっちのママの方もちゃんと面倒見てよ」

黒頭は会長室の隣の事務室に机を置いている社長の幸坂にも紹介された。今年四十三歳で、三年前に松本から社長の座を譲られた。市内の食品会社の工場でパートの女性たちを監督する仕事についていたのを十年前、松本がスカウトしたという。黒頭は幸坂と何度か話してみて、感じたままを少し親しくなってから松本に話した。松本はいつもの笑みを絶やさないまま、

「黒頭さん、あなたの言いたいことは分かるわ。経営については、社長もまだまだ経験が足りないわ。じっくり教え込んで立派な社長になってもらう」

なお不審そうな顔の黒頭に、ちょっと溜息をついて、

「幸坂はね、三州屋《さんしゅうや》の孫なのよ。そう、両親を亡くして一人ぽっちになった私を引き取ってくれたあの仕出し屋の幸坂勇吾《ゆうご》の孫にあたるの。息子は私よりだいぶ年上で、私は彼の高校の教科書をもらって独学で勉強したのよ。その息子の代で三州屋は左前になって終わった。私はある時ふと勇吾には確か孫がいたはずだなと思い出し、手を尽くして捜したら市内にいたというわけ」

「なるほど、かつての恩人のお孫さんに立派な仕出し屋の社長になってもらいたいわけですね」

松本は三州屋で住み込みで働いた当時からの苦労話を黒頭に詳しく話してくれた。勇吾の持ち込む縁談を断り続けたようだ。そのせいで独立したのではないかと黒頭は推測した。しかし、松本は亡くなった両親の話題は努めて避けているようだった。

黒頭は花柳ビルにある木村商事の事務所にも定期的に顔を出していた。三〇平方メートルほどのスペースに山内と庶務にいた小回りのきく社員、アルバイトの女性が机を並べている。

十一月末のことだ。黒頭はダスターコートを脱いで、事務室のソファに座った。

「何か変わったことありませんか」と山内に訊く。山内は窓を背にしたデスクから立ち上がって、黒頭の前にやって来た。カーキ色の作業服を着ている。リニューアルの工事が盛んだったころ、作業服でいつも現場に立ち会っていた山内は、それが癖になってこの事務室に来ると背広から着替えていた。

「たまたま最近出た興信録でビッグ・ママの経歴を見たんだがね。本籍がここの隣の空地になっているんだ」と山内は煙草を指に挟んで黒頭と向かい合って座る。

「へえ、それは知りませんでした。何か曰くがありますね」

「彼女のいま住んでいる中島《なかじま》公園に近いマンションだがね、ずいぶん古い初期のマンションだ。ビッグ・ママはこの空地に住むつもりで土地を買って本籍も移しておいたが、例の首吊りの話も分かって踏み切れないでいるのだろうね」

「うーん、そうなのかなあ。本籍まで移しますかね」

「もう一つ、このビルの東隣の辰巳《たつみ》精肉店の主人なんだが」

「ああ、なんでも養子で入った人で、昔の話は知らないだろうと言ってましたね」

「うん、そうだったんだがね。私も顔だけは知っているという程度だった。昨日、空地の前でちょっと中を覗き込んでいるようなので話しかけてみた。そうしたら、あの表側に波形トタンで目隠しをしたのはこの人だったんだ。隣近所でみっともないと、もう何年も前に自分で囲ってやったと言うんだ。それでいろいろ話を聞いた。空地の昔の話は亡くなった義父からちらりと聞いていた」と言いながらテーブルの上のマッチで煙草に火を点けた。

「カネト戸村商店という店だが、屋号は鉤の手に平仮名で〝と〟と書くそうだ。彦次郎《ひこじろう》という先代は戦前の昭和十年前後にやって来た。やり手だったようだが、跡を継いだ双子の息子の出来が悪かったというわけだ。賭け事にはまった金太は高利の金を借りて返せなくなり、二階へ上がる階段の柱で首を吊った。オイルショックというのは単なるきっかけに過ぎないようだ。弟の銀次は縁起の悪い家を取り壊した。というより更地にして売り、借金を返そうとしたのだろうという。しかし、その直後、花柳ビルの屋上から落ちて死んだ」

「だとするなら自殺ではなさそうですね。その昭和十年ごろに彦次郎が来た時、その店の建物を建てたのですか」

「いや、すでに商店があったらしい。雑貨店か何かで、やはり鉤の手に何かの字を入れた屋号だったのではないかという。そのあたりのことになると義父も記憶が曖昧で、そこでも自殺か何か事件があったというが、これには今のご主人も本当かどうかと首を傾げていた」

5

となりの空地の現場の周辺は、野次馬も散って通りの向かい側に散在する飲食店に人の気配がするだけだ。暗くなった空地の囲いの前には、翌日の実況見分に備えて立入禁止のロープが張られた。作業員二人と引き揚げようとしている現場監督に黒頭が近寄った。

「会長さんがここで開く予定の店に計画段階からかかわっていた木村商事のものですが、どんなふうに事故が起こったんです。会長さんはこの現場にも顔を出していたんですか」

監督はそばにいる山内と大地を見回して「ええ、来てました」と頷いた。

「作業車を帰して、三人でチェックと後始末をやっていたんですよ。照明は明るく点けてました。すると会長さんがバッグなんかも持たずに普段着みたいな格好で、お疲れさんでしたと現れたんです。八時十五分前ぐらいでしたか。工事はこの上に木造で一、二階、一部三階建てといくんですが、会長さんはこの間から八月までの工期が早くならんかと、本社に掛け合ってましてね。しかし、凝った和風造りで設計、発注を受けてますから、そんなふうにはまいりません。で、現場にもなんとかならないものかと二、三日前も見えられていました。明日の工事の段取りなどを訊いた後、『照明まだ点いてるわね』と言って潜り戸から出て行かれました。考えてみると、明るい現場を屋上から見下ろそうとしたんでしょうか。そして五分もたたなかったと思います」

監督は空を見上げるようにして絶句した後、

「そう、何か夜の空気をかき分けるような気配みたいなのが落ちて来て、ギャアとかグエッというような声が響きました。見ると立ち上げの鉄筋に会長さんが刺さっていたんです。そばにいた一人は腰を抜かしました」と待っている若い作業員にちらりと目を遣った。

「これから札中署《さっちゅう》です。いろいろ事情を聴きたいと言うんでね。こうして何度も同じ場面の説明をさせられるんじゃ敵わないですよ。もう思い出したくもないのに」と監督は脱いだヘルメットをぶらぶらさせながら行ってしまった。

隣の空地にまつわる因縁について、一番詳しいのはやはりビッグ・ママだった。

十一月末に花柳ビルの事務室で山内に会った翌日の昼過ぎ、黒頭は例によってカネマツ給食センターを訪れた。二階の事務室を通り、幸坂社長に挨拶して会長室に入ると、松本が立ち上がって「あら、いいところに来られた、黒頭さん」と笑顔を見せる。

「どうしました、ビッグ・ママ」

「私、バタバタ忙しくしてお昼を食べ損なっちゃった。あなたはすんだの」

「いや、私はもともと朝飯がおそいもんで」

「じゃ、うちの食堂に行きましょ。カネマツの原点をお見せするわ」

二人はセンターを出ると、北の方に少し歩く。松本はハーフコートを羽織り、黒頭は紺のブレザーにダスターコートを着込んでいる。南1条の電車通りの裏側に当たる道にずっと変わらない〈カネマツ食堂〉があった。道内の清酒メーカーの製品の名を冠に付けている。電車通りに椅子が十個ほどの食堂を出発点に、次々と大きくしてこの百人ほど入れる居酒屋兼食堂に行き着いたのだ。給食センターを設立した後も、この店は残したままだ。昼は周辺の会社のサラリーマン相手の食事処で、夜はメーカーの清酒を直営並みに安く飲ませる居酒屋になる。

「ここのラーメンがおいしいのよ。私は週の半分はこれ。黒頭さんはこんな店に入ることないでしょ。昔は清酒は高いから庶民は合成酒。あなた合成酒なんて知らないわね。そんな時代から続く店よ」と言いながら松本はガラス戸を引き開けた。

従業員が一斉に「いらっしゃいませ」と声をそろえる。木製のテーブルとベンチが並ぶ客席には、昼のピークを過ぎたせいか、五、六組の客がいるだけだ。絣の法被にモンペふうの短いスラックスをはいた十五、六歳の女の子が注文を取りに来た。

「いらっしゃいませ、ビッグ・ママ」

「いつもの塩ラーメンね。君、勉強進んでるかい」

「ハイ、バッチシです」と女の子はお冷を載せてきたお盆を胸に当てて自信たっぷりに答える。

「あの子ね。父親の暴力から逃げて来たの」と後姿を見送りながら松本が言う。

「いま定時制高校に通わせている。うちの社員寮にはそんな女の子がいっぱいいるわ」

運ばれてきたラーメンを啜って黒頭が頷いた。

「うん、あっさりしてうまいです。毎日でも食べ飽きないな」

「でしょ？　よかった、連れて来て」

帰りがけに松本が訊いた。

「あなたはどんなところでお昼食べてるの」

「そうですね。最近気に入っている店があるんですが、どうでしょう、一度私にご馳走させて下さい」

「どんな店？　和食、それとも洋食」

「イタリアンです。〈マンマ・ミーア〉と言うんですが、花柳ビルの地下にあります」

「そう、行きましょ、明日にでも。ついでにあの私の土地を見ようと言うのね」

「ええ、ぜひ……」と黒頭は思わず体を乗り出す。

「いいわ、黒頭さん。でもこの黒頭さんて呼びにくいのね。あなたの親しい人は、あなたをなんて呼ぶの」

「子供の頃からの友達は、クロです。クロちゃんと呼ぶ人もいますし、うちの社長はいつも黒頭と呼び捨てです」

「名字でなく、名前の方はどうなの」

「悠介と呼び捨てる女性、悠さんと言う女性」と〈スンガリー〉と〈クラブ麗〉や〈モローチャ〉のママを思い浮かべる。

「なるほど。みな女性なのね。悠ちゃんて呼ぶ人は」

「あまりいませんね」

「じゃ、それで決まった。悠ちゃんと呼ぶことにするわ」

翌日昼ごろ、黒頭はタクシーを給食センターに着けて松本を迎えた。松本は白いブラウスに花模様に編んだカーディガン、それに黒い革の半コートを羽織って「有り難う、悠ちゃん。何かわくわくするわ」と言いながらタクシーに乗る。黒頭は後から乗り込んでドアが閉まると「おや、いい匂いがしますね」と思わず口にする。

「分かる？　うふふふ」と松本は含み笑いをもらした。

黒頭はタクシーを空地の真ん前に停めさせた。開いたドアのそばに立って、降りる松本の腕を取って支えた。二人は空地を不完全に隠した波形トタンの塀に近づいた。

「あら、こんなものを建てたのね」

「勝手にゴミを捨てていかれるからですよ。近くの住民が建てたそうです」

「私は何年もここへ来たことないから気がつかなかったわ」

二人は寄り添うように並んで、トタンの間から空地の中を覗き込んだ。隣のビルと同じように奥行きが十間(約一八・二メートル)ほどある。その空地の手前三分の一はごみで埋まっていた。あらゆる燃えないゴミ、燃えるゴミが投げ捨てられ、テレビが三台ほど、椅子が横倒しになり、ひっくり返ったソファが一番大きなゴミだった。

「ひどいもんですな」と黒頭が言い、松本が黙っているのでふと見ると、彼女は敷地のずっと奥の方を見透かすようにじっと見つめていた。黒頭は少し身を引いて立ち尽くす松本を見守った。

やがて振り返って「行きましょ、悠ちゃん。お腹が空いたわ」と松本が言う。ビルの取っ付きはドーナツ店で、甘い油のにおいが立ち込め、ガラス戸越しに客が三人ほどカウンターの前に立っているのが見えた。その隣はセルフサービスのコーヒー店だ。装飾を施した柱が二本立っている間を抜けて、花柳ビルの中に入った。エレベーターで地階に下りる。

「手打ちパスタがうまいという店なんです」と、目の前の〈そば徳〉という店を過ぎて明るい照明の〈マンマ・ミーア〉に向かうと、階段から下りて来た男女が二人を追い越して店に入って行った。

「あら、悠ちゃん。手打ちというけど、イタリアのスパゲッティ・メーカーの看板が付いているじゃない」

「手打ちは特別注文ですから」

松本は微笑を浮かべて「特別注文がおいしいのね」と言ったがすぐ「ここやめておきましょ。お蕎麦をご馳走して頂戴」

二人は勤め人らしい男たちが出たり入ったりする〈そば徳〉に入った。ちょうど食べ終わって客が席を立った後に案内され、食器を下げてテーブルを拭く従業員に松本はかしわ蕎麦を、黒頭はざる蕎麦を注文した。すぐ運ばれてきた蕎麦を食べながら、松本はちょっと箸を休めて言う。「確かにあの空地は管理が行き届かなくてまずかったわね。きちんと片づけさせて、それなりの塀を回さなきゃ」

「しかし、いつまでも工事待ちみたいな塀もおかしいでしょう。かといって、永久的な構築物でふさぐのは中は何があるんだと、なお変だ」

「悠ちゃんは私に何かしてほしいの」

「私というより木村商事です。利用しないなら、いまは土地ブームだから、利用を目論む業者に売る手もある。でも買う業者がいるか……」と黒頭は松本の表情をうかがった。

食事を終えると「悠ちゃん、イタリア料理と反対側に喫茶店があるようね。お茶にしましょうよ」

と言い出した。

「いいですね。クラシックを聴かせる店です。落ち着けますよ」

「女性を連れて来るんでしょ」

「ええ、私の場合は引き抜きを狙うホステスですがね」

〈カフェ・モーツアルト〉はゴブラン織を張ったゆったりした椅子を据え、柔らかな照明の店内に適度な音量の室内楽が流れていた。常連らしい中年男性が離れて四人、それぞれ新聞を広げたり、じっと目をつぶっていたり。黒頭はホステスとゆっくり話す時はこの店と、北区の北海道大学のそばにある〈カフェー四季〉を使っていた。

「ここはいいお店ね」と言いながら、松本は革の半コートを脱ぐ。黒頭はこんな場合、必ず女性の後ろに回って手伝うのだが、松本はその隙を与えず自分でさっさと脱いだり着たりする。二人は紅茶を注文した。松本はちょっと考える素振りをして、スプーンに少量の砂糖をすくってカップに入れ、黒頭は砂糖なしで口をつけた。それから改めてほっと顔を見合わせた。

松本は体に合わせたように顔のつくりもこじんまりとしている。唇と鼻は小さくまとまって、目は大きいとはいえないが張りがあって表情豊かだ。若い時はそれなりにきれいな女性だったのだろう。精力的に働いているだけに、まだ五十歳ぐらいに見える。唇に薄くルージュが引かれていた。

「気になっていることで教えてほしいことがあるのですが」と黒頭が切り出した。

「ビッグ・ママの本籍がそこの空地の住所になっていることなんです。どうしてなんです、というよりも、いつからなんです」

松本はじっと黒頭に目を据えながら、いろいろ思いを巡らせているようだった。やがて、

「それは生まれた時からよ」と静かに言った。

「そうね。あなたには全部話さなきゃならないわね。私は昭和五年、あそこで生まれた」

「カネト戸村商店の前はなんだったんですか」

「私の父親のカネマツ雑貨店だったわ」と言ってふっと微かな笑いを浮かべた。「といっても幼い私にも店がお客で賑わっている記憶はないわ。子供心にも生活に困っているとは感じなかったけど、母は裁縫が得意で着物の仕立てをいつも頼まれていた」

それからゆっくりした口調で「私が五歳になった秋のある朝のことだわ。私は独りで起きて二階から下の便所に行った。当時は北海道も本州と同じ家のつくりで、縁側なんかがあった。家の奥の縁側の向うに狭い庭があったの。ガラス越しに外を見ると、庭の松の木に父がぶら下がって、怖い顔で私を見ていた。私はとうちゃんが怖いようと泣きながら母に知らせに行った」

黒頭は上げかけたカップをソーサーに置いて松本の顔を見つめる。

「父は人に騙されて家を失ったのよ。母も何もわからぬうちに家を追い出されて、あとにやって来た戸村彦次郎がまず庭の松の木を伐ってしまった」

「戸村とはどういう関係なんですか」

「母が何も言わないから分からないわ。でも私が推測するに同郷の付き合いなんじゃないかと思う。うちが本州のどこから来たか母からも聞いたことないけど、私はその後、言葉や習慣、食べ物なんかの断片を思い出してみて、北陸のあたりじゃないかと。内地を食い詰めて北海道に流れて来て、なお同郷のものを騙していい思いをしようというのね」

松本は肝心の部分を話し終えて気が楽になったのか、ちょっと笑みを見せながら、

「うちの父親はおよそ商売に向かない人のようだった。札幌では珍しい新内なんかに凝っていた

ようだもの」

「シンナイ？　ってなんですか」

「新内節。まあ浄瑠璃のようなものね」

「浄瑠璃は言葉では分かるけど、自分で聞いたことないし」

「そうよね。……それから母と私はススキノに近いところに間借りした。母は相変わらず着物の仕立てで、とても腕がよかったらしいけど世の中、戦時一色でモンペに鉢巻の時代だったわ。着物の仕立てなんかとんでもない。頼む人なんかいやしない。でも、三州屋の奥さんが必要もない着物の仕立てを頼んだり、人を紹介してくれるなどずいぶん援助してくれたんだわ。母は結核で死んだけど、死ぬ前に私を奥さんに託したのだと思う。葬儀も三州屋でやってくれて、そのまま私は引き取られていった。大きくなってから従業員として働いたけど、娘と同じような扱いだったわ」

「でも、ビッグ・ママは持ち込まれた縁談を断った」

松本は苦笑して紅茶のカップを手に取る。

「そう、嫁いでいればそれなりに安定した暮らしが待っていたと思うんだけど」と言って冷めかけたのをひと口啜った。「私はなんていうか、上昇志向が強いというのか、商売をやりたかった。家庭とかに興味がなかった。勇吾には最終的には理解してもらえたと思ってる。奥さんが亡くなった後でよかった。奥さんが生きていたら縁談を断り切れたか」

「なるほど、ビッグ・ママ。いろいろ納得しました。空地を買ったわけもね。それであなたは最終的にはあそこに住まわれるお考えなんでしょうね」

「そう、最後にはたぶん。でも、買った時はあそこで個人的に何かやりたかったのよ。例えばそうね、うちは大衆食堂だけど、それとはまったく反対の本格的な和食処のような……」

黒頭の顔がパッと輝いた。

「それいいですね、ビッグ・ママ。花柳ビルの隣に和食レストラン。やりましょう」

「何を言ってるの、悠ちゃん。そう簡単に事は運ばないよ」

「いや、運びます。われわれが運ばせます。お任せください」

年が明けた平成二年の一月には、松本の和食処の構想はもう立ち上がっていた。暮れの十二月から山内が中心となり、設計会社とデザインなどを詰めて来た。未曾有の好景気で、高級志向の和風建築を頼める業者は限られていたが、暮れ近くから設計に着手し、道都信金の紹介で昔ながらの大工の腕を持つ業者が建設を請け負うことになった。肝心の調理人は、カネマツがよく使う料理屋の若い板前を松本がかねてから贔屓にしており、店の完成前に辞めて献立の開発に当たる約束ができている。

二月初めに黒頭が花柳ビルの事務所に顔を出すと山内と松本がいて、

「おい、店長。松本さんの店の名前が決まったぞ」と山内が半紙をテーブルに広げてみせた。墨で黒々と〝和食　蘭蝶《らんちょう》〟と書いてある。

「なるほど、蘭と蝶ですか。華やかでいいじゃないですか」と黒頭が言うと、二人は顔を見合わせてにこにこと笑って、

「これ、うちの亡くなった父にゆかりのある名前なのよ」と松本が言った。

「起工式の日程などは確定しましたか、ビッグ・ママ」と黒頭が訊くと、

「起工式は三月末日、八月のお盆前には工事を終わって、お盆休みが開けたら開店するという日程よ」

その後しばらく黒頭は〈クラブ麗〉の仕事が忙しく松本に会えずにいた。三月十六日、黒頭がカネマツを訪ねると、松本は珍しく会社を休んでいる。

「病院で検査を受けたんですよ」と幸坂社長が顔を曇らせて教えてくれた。

「肝臓をやってるでしょう。気にはされていたんですが、ちょっと体調が悪いのでいろいろ調べてもらったら、胆嚢に何か見つかったようで。結果は三十日に分かるそうです」

「すいぶん日にちがかかるもんですね」

「そうですね。それで今日は病院から家に真っ直ぐ帰られました。三十日のお昼ごろには結果が分かって会社にもどっていると思いますよ」

黒頭は起工式を翌日に控えたその日にカネマツにやって来た。

「社長は病院からもどられてますよ」と社長が言う。

会長室に入ると、松本は窓から調理ラインを眺めていた。

「おや、悠ちゃん、いらっしゃい。塩ラーメンいこうか」

「ええ、行きましょう。ところで病院の検査の結果はどうでした」

松本は窓を離れて自分のデスクの前に腰を下ろした。

「ああ、大丈夫よ。たいしたことない」

「胆嚢とか胆道とか言ってましたね。腫瘍かなんかですか」

「そうそう、そんなところ……たいしたもんでない」

黒頭はデスクに両手をついて、顔を覗き込むように、

「少し、顔色が優れませんね。ほんとに大丈夫？　明日は〈蘭蝶〉の起工式ですよ」

松本は黒頭の手に自分の手を重ねた。温かい小さな手に力を込めた。

「心配しないで、悠ちゃん。起工式には出てくれるわね。それよりまず、カネマツ食堂に行こうか」

6

現場監督たちが歩道に停めたライトバンに乗り込んで引き揚げて行った。山内が、さて我々もといった顔で何か言いかけたが「おや、辰巳肉屋のご主人だ」と、現場のそばにいる白い上っ張りを着た中年の男性のところに近寄って行った。

黒頭も大地もその方をなんとなく眺めていたが、

「クロ、お前ビッグ・ママに最後に会ったのはいつだ」と大地。

黒頭は空を見上げるように顔を上げて考えていた。すぐ首を振って、

「混乱して思い出せないな。しかし、このところ気になることがあってよく会っていた。そこの地下のカフェにも行ったし、ビッグ・ママはそんなに飲まないんだが、お酒を飲みたいというのにも一度付き合った。しかし、なんといってもカネマツ食堂にはよく塩ラーメンを食いに行ったよ」

「そんなラーメン、うまいのかよ」

「飽きがこないんだな。お前の好きな豚骨は飽きるぞ」と言いながら、黒頭は目頭に滲み出たものを指先でつまんだ。

「クロ、何も着ないでそんな恰好で寒くねえか」

「寒くねえよ。真冬でもいつもこのままの恰好で、お客さんを迎えに行ったり送ったり。平気な

もんよ」

「お前、クラブの方、もどらなくてもいいのか」

「ああ、今夜はそんなに忙しくないからな、今月に入って地上げの連中の客足が急に止まっちまったんだよ」

「ああ、三月の大蔵省の通達に反応したんだ。うちは地上げなんか関係ないんだが、物件の動きがちょっと鈍くなった。もう土地に回る金は出てこないという話だ」

「土地関連の融資を抑制するという銀行局長の通達で、これは景気に響いてくる、不況の引き金になるぞと〈モローチャ〉のマスターは言っていた。現に東証平均株価が先月、大暴落して二万九千円を割り込んだ。いずれ土地の値段も今の四分の一か五分の一まで下がるというんだ」

「それは大変だ。しかし、それは花柳ビルの土地もそうなるということだぞ。高い買い物して失敗したということにならないといいが……」

「おい、君たち……」と山内が二人のところにやって来て「このままどうも帰りにくいな。どうだね、お通夜というわけではないが、ススキノで少し飲もうや」

　黒頭も大地も頷いた。

「私は三階に上がって事務所を閉めてくる。社長に電話して報告しなきゃならないし」

「クロ、俺はこのビルの屋上に上がったことないんだ。どんなんだか見てみたいのよ」

「よし、それじゃ俺が案内する。部長、それから事務所に寄りますから」

　花柳ビルの方に歩きながら、

「部長、この工事はどうなるんですか」と黒頭が訊いた。「発注したビッグ・ママは死んでしまったわけだし。普通なら、工事は中止でしょうが、業者には前渡金も払ってるでしょうからね。それにこの土地そのものの持主もどうなるんでしょうね」

「また更地にしちまったら、いよいよこの隣の空地は何かしようとする者がいなくなるぞ」と大地が言うと、山内も「そうだな。〈蘭蝶〉を開店することが第一だ。社長にも考えていただこう」と先に立って花柳ビルに向かった。

三人はエレベーターに乗り込んだ。内部はビルのリニューアルに合せて内装を手直ししており、飲食店ビルらしいパネルに変えた。が、三階以上のオフィスの住人にはなんとなく落ち着かない雰囲気のデザインだ。山内は「じゃあ、待ってるからな」と言って三階で降りた。五階でエレベーターを出ると、そこは狭いホールだ。天井の蛍光管二本の照明が陰気臭く照らしており、ホールのわきに屋上に出る階段がある。二人はそれを上がって、頑丈なスチール・ドアのサムターンを黒頭が回し、押し開けながら「一段下がっているから気をつけろよ」と振り返った。

屋上と言っても、夜空に黒々と見える大きな旧式の給水タンクやエレベーターの保守のためのもので、わずか一五平方メートルほどの広さだ。

「空地はそっち側だぞ」と黒頭が大地に教える。

屋上の端は擁壁というほどのものでない高さも幅も四〇センチぐらいの立ち上がりが、ビルの角を直角に回っているだけだ。札中署の刑事が付けたのか、その一カ所にチョークでバツ印が書かれている。大地はしゃがみ込むようにそこに両手をつき、首を伸ばして空地を見下ろしている。「夜ここへ上がったのは初めてだな」と言いながら、黒頭は両手をズボンのポケットに突っ込んだまま辺りを見回した。花曇りにはまだ早いが、星も見えない暗い空だ。屋上に上がれば華やかなネオンの街が広がっているかと思ったが、すぐ下に狸小路《たぬきこうじ》の賑わいが感じられるだけで、あたりは黒々とした闇に取り囲まれていた。黒頭は南の方に寄ってみたが、肝心のススキノは南4条の電車通り沿いに建ったビルの背が邪魔して中心部のネオンも見えず、そこも黒い世界が広がっている。

「おい、あれはなんだ」と大地がいきなり大きな声を出した。

「空地で、なんか青白いようなものがちろちろ燃えてるぞ」

「ええっ……」と黒頭が寄って来た。大地が立ち上がって、顔をビルの外の方に振ってみせる。

黒頭はポケットから手を出し、どっこいしょという腰つきで立ち上がりの上にあがった。首を突き出して下を覗いて見ていた。ややしばらくして、

「うーん、燃えてるっていうけど、何かの照明みたいなのが反射してチカチカしてるだけじゃねえのか」

なおも目を凝らして見下ろしていると、大地が震えを帯びた声を出した。

「クロ、危ねえぞ。引き込まれんなよ」

「何が引き込まれんなよだ……」

ローソクの炎

I

北星《ほくせい》ビルの地下にある喫茶〈サンローゼ〉への階段を、黒頭悠介《くろずゆうすけ》は心持ち首を傾げるような表情でゆっくり下りてゆく。幼馴染みの不動産屋、中西大地《なかにしだいち》に「会わせたい人がいる。お前、〈サンローゼ〉にちょっと来てくれ」と呼び出されたのだ。九月初め、さわやかな風の吹く午後だ。木村《きむら》商事の事務所で、営業部長の早野征司《はやのせいじ》に〈クラブ麗〉の最近の営業成績について粘っこい説教を食っていたところだった。七月の人事で、キャバレー〈ニュータイガー〉は支配人の赤羽浩一《あかばねこういち》が店長に昇格し、早野は店長兼任から外れたので営業全般に自由にものが言える立場になっていた。木村商事経営の三店は、初夏になる頃から売上げの減少が目立ち、年間売上げ三十三億円を目標に掲げる木村満洲男《ますお》社長から早野も責められているのだろう。黒頭は大地からの電話に救われ事務所を出て、ススキノ十字街にあるこの喫茶店に来たのだった。

広い店内の奥の壁際のボックスに大地の幅広の背中が見える。黒頭はそばに行って大地に向かい合っている黒っぽいスーツの男に「遅くなりました。木村商事の黒頭です」と軽く頭を下げ、大地の尻を押しのけるように並んで腰を下ろした。

「クロちゃん、お久しぶり」と声をかけられ、黒頭はびっくりして相手に目を凝らした。栗色に染めた髪がふんわりとして、薄いピンクに白い襟のクレリック・シャツに細い紐のループタイを結んでいる。顔は日焼けと縁遠いようなきめ細かな肌だ。柔らかな唇を緩めて六角形の縁なし眼鏡の奥から笑いを含んだ目で黒頭を見つめていた。

「あ、トモちゃん……」と思わず声が出た。

「ああ、覚えていてくれた、うれしい。友田裕幸《ともだひろゆき》よ、今はユウコゥと呼んで」とはしゃぐような素振りを見せる。友田は黒頭たちの小学校の同級生だった。頭がよく成績も上位だったが、当時からどことなくなよなよとして友だちも少なく、女子児童たちにもバカにされていたはずだ。卒業した後は旭川に移ったとかで、黒頭も友田のことは思い出すこともなかった。

「ほんとにしばらくだな。いつ札幌にもどって来たんだ」と訊きながら、黒頭はウエイトレスにコーヒーを注文した。

「おい、クロ。お前、AIビルの地下の〈ピノッキオランド〉を知ってるか」

「ああ、あれはたしかおかまバーのはずだ。おかまのショーパブなんだとだれかが言っていた」

「そう、その店の社長さんがこいつよ。旭川にも店を持ってるそうだ。十年前から札幌で商売やってる」

「それにしては、同じススキノで会うことなかったな」と黒頭が言うと友田は笑って、

「そりゃあ私たちはあまり表だったところにしゃなりしゃなり出て行かないからね」

「実はゆうべな、不動産仲間の集まりがあって飲みに出かけたんだ。どっか面白いところないかという話になって、一人が〈ピノッキオランド〉に行こうと言い出してな。あそこは看板にはなんとも書いていないが、みんなおかまバーだと知ってるさ。ところが行ってみると、そこらによくあるゲイ・バーと違って、ステージで本格的なショーをやる店だった。感心してショーを見てい

たら、こいつにポンと肩を叩かれたんだ」と大地はもじゃもじゃ髪の頭を掻いて、

「そん時は話す暇がなくてな。なにしろこいつはステージに目配りして常連客の相手をしてと忙しいのよ。それで今日ここで会うことにした。ところで言われて思い出したんだが俺、トモちゃんを学校でいじめていたんだ」

「なんだ、大地。お前がか？」

「そうだったの。大地は私に柔道教えてやるからと草っぱらに連れ出して、これが払い腰、今度は跳ね腰とかいって投げ飛ばすのよ」

「俺は柔道やりたかったが、親父が中学に入るまで駄目だと許してくれなかったからな。俺はなんとか柔道の技を試してみたかったんだ」

黒頭は体を小刻みに揺すって笑っている。かたわらの大地を横目で見ながら、

「大地、お前は陰でそんなことやってたのか。俺はちっとも知らなかった」

「でもね、五郎《ごろう》ちゃんは違ったよ。そう、二、三年前に地上げで放火して焼け死んだ杉山《すぎやま》五郎」と友田はしんみりとした口調で言った。

「私に、お前、大地にいじめられてんのと違うか、オレにいつでも言ってこいよってね。でも、大地はこの通りあの頃もでっかくて強そうだった。だいたいにしてうちの小学校は商売している家の子が多くて、割と裕福だったけど、五郎の家は引き揚げて来たとかで食うや食わずの貧乏暮らし。痩せこけてとても大地に太刀打ちできそうもなかった」

「そうか、五郎がなあ」と黒頭は腕組みをして思い出す。

「新聞記事を読んだけど、可哀そうだった、あいつ、やくざに利用されて捨てられたのね」

「それでトモちゃんは旭川に移って行ったはずだが、その後どうしたんだ」

「父親が転勤族だったからね。東京や名古屋にも住んだよ。父親に憎まれて高校を卒業すると家を出た。東京、大阪のゲイ・バーで働いて、その後、静岡のショーパブでショーの企画やダンスの振り付けなんかやらされた。お金を貯めて十年前、札幌にこのお店を開いたの」

「親はその後どうしたんだ」

友田はループタイの紐を指に巻きつけながら、

「東京にいると思う。一度、形ばかりの結婚をして籍を抜いて以来、会ったことないよ」

「ところで、トモちゃんの話だが」と大地が話題を変えて「こいつの店にはやくざのお客が多いんだ。それで困っているらしい、な、そうだろ？」

「なに脅かされてんのか。弱いと見られてみかじめ料払えと言われてんだろ」と黒頭が言うと、

「いえ、そんなことないよ。みかじめ料なんか払う気もない。やくざはうちの女の子、と言っても男だけど今は在籍十三人、その中の気に入った子にたんまりチップを弾んでくれるから、いいお客さんよ。彼らはおかまを自分たちと同じ世間の半端ものだと思っている。だから私たちを贔屓にして通ってくるのさ。私たちは半端ものとしていろんな時、いろんな場所で差別され嫌われて、傷つき辛い思いをしているから、やくざだけでなく人さまを差別しないよ。やくざを怖がりもせず持ち上げることもない。普通のお客さんとして扱う。うちにはスキー大会で来道した宮様だっていらしたことあるけど、おんなじよ。宮様もスキー連盟のお偉いさんとショーを見て、女の子たちにチップをやっていた」

「SPが付いてくるだろうさ」

「SPには離れていてもらった。その時はやくざの人もいたし、雪まつりで来た外国の人もいたけど、みんな一緒で同じよ。やくざには同情も嫌がらせもしないけど、クラブではやくざからは

法外な料金を取ると聞いた。クロちゃん、店長なんだって？」

「ああ、普通は五〇％のサービス料を一〇〇％にした勘定書を出す。いわゆるやくざ価格で、もう来てほしくないという嫌がらせだ。しかし、知っているやくざをごく当たり前に迎える店や、ほかの客の目に触れないＶＩＰルームに通す店もあっていろいろだ。うちのクラブはもともと組員と分かれば店に入れない」

「初めから入店拒否なんですね」

「そうだ。うちはキャバレーはだれでも平等に歓迎するが、クラブはお客を選ばせてもらう。だから、たとえ有名人でも泥酔して来たらわれわれ黒服が入店させないし、ほかの客に迷惑をかければ堅気の客でもはっきり言ってお引き取り願う」

「おかまは飲食店でも入店拒否に遭うことがあるよ。なぜだと訊いたら入口に張ってある暴力団お断りの札に〝暴力団関係者等〟とあって、おかまはその等に当たる、風紀を乱すんだって」

　それはうまく考えたもんだな、と三人は笑った。

「うちはだれでもサービス料は一五％。やくざにとって、平等に当たり前に扱われるというのはとっても気分がいいらしい。だから、うちの店に喜んで通って来るんだ。それはいいんだけど……」と友田は顔を曇らせた。女性だと言ってもおかしくない表情の変化だ。

「おい、和田《わだ》組と至誠《しせい》会が張り合って今にも出入りになりそうだとよ」と大地が言う。

「そうなの。うちでローソク・ショーをやるスターの子を張り合ってるの」

「おい、クロ。そのローソク・ショー、見た方がいいぞ。彩香《さやか》という玉抜きした子がいて、素肌に熱く溶けた蝋を次々にボタボタ垂らしていくんだ」

「ほう、玉抜きした子なんているのか」

「そう、ススキノにはいま何人もいて、そのうち二人がうちの店にいる。それにうちには完全に海外で転換手術をした子も一人いるのさ」と友田が自慢して、

「玉抜きして女性ホルモンを使うと、ただホルモン注射するのとは同じ一本八千円でも全然効果が違うのさ。体毛がなくなって、筋肉の代わり脂肪が尻とか肩周りとかにつくし、もちろんシリコンなしでもバストが膨らんでくる。そして、うれしいことにチンポがだんだん萎縮してくる」

「おい、声がでかいぞ、トモちゃん」と大地が隣のボックス席にちらりと目をやる。

「だったら、みんなやりたがるだろうさ」と黒頭が言った。

「ところが、やってくれるのは性転換はもちろん玉抜きも闇医者よ。ずいぶん前に玉抜きをやった医者が優生保護法とかにひっかけられて捕まってるからね。どこに闇医者がいるか情報がないし、手術した子は自分の価値が下がるから人には教えない。彩香は名古屋で受けたらしいけど、狭い裏階段を三階まで上がってゆくと、そこに立派な秘密の手術室があったそうよ。それにモロッコで性転換したカルーセルが、手術で死ぬ目に遭ったなどと雑誌にオーバーに話すもんだから、これが抑止効果となって日本のおかま全体が手術にはなんとなく尻込みしているのさ」

「うん、それでやくざの話だが、クロ。二つの組が彩香にチップを競争して弾む、あっちがヘネシー三本とればこっちは四本だという具合だ。それでどっちの席につくのかと彩香を巻き込んで揉めるようになった。いまや暴発寸前だそうだ。連中は奇妙に来るときは示し合せたように双方同じ夜に大挙して来るそうだが、その時は声をかけるから店に顔を出して、何かあったら止めてほしいというんだ」

「組員の喧嘩の間に入れっていうのか、冗談じゃない」

「クロちゃんはボクシングやってたというじゃない」と友田。

「ボクシングは殴るもんだ。喧嘩をやるには役立つが、仲裁する効果はない。大地の柔道とは違う」

「おい、お前、和田組には知った組員もいるだろうが。話をつけれるだろ」

大地の友田への入れ込みように黒頭は戸惑い気味で黙り込んだ。二人にじっと見つめられて黒頭が訊いた。

「なぜ〈ピノッキオランド〉なんだ、トモちゃん。ピノッキオは木の操り人形だろ」

「その操り人形が努力と冒険を重ねて本物の人間になる物語よ。私たちも半端ものから精進して本当の女になりたい、という願いなのさ。男に生まれたけど心は女だし、体だって女になりたい」

「男が好きだというのはゲイと同じなんだろうが、ゲイともちょっと違うようだ。どうもお前らの世界は複雑で俺には分からんな」

2

〈サンローゼ〉で友田と会った翌日の九月六日昼過ぎ、黒頭は木村商事の事務所でクラブの次席スタッフの服部光毅《はっとりみつき》と落ち合った。大部屋の事務室に入ると、服部はすでにスタッフの机が並ぶ一角で待っていた。「お早うさん」と言いながら、黒頭は店長のデスクを前に腰を下ろし、「八重《やえ》の数字は出してもらったか」と訊く。服部は部屋の奥の経理担当の方に目を遣りながら「ええ、作ってもらいました」と、コピーした紙を黒頭の方に滑らせてよこした。

「それで肝心の本人ですが、先ほど電話があってこちらに向かっているそうですから、すぐ顔を出すでしょう」

「ママも一時半前に来ると言ってるから、もうすぐご尊顔を拝めるだろう」

「ご機嫌うるわしくあって欲しいものですね」

「うるわしいわけがないだろ。こんな用事で来てもらうんだから。普通なら昼飯を食わしてくれる時間帯なのに。それで結局、八重の引受けで残っているのは総額いくらなんだ」

「そこに内訳が書いてありますが、五月から六月初めにかけて、五回来店していただいた分が計八百八十三万円です」

「そんなもんかな、十五万円のドンペリをみんなで乾杯、乾杯と何本も空けていたのに」

「ええ。でも、八重にしてみれば大変な金額で。貰った指名料はすでに返上していますが、これからさらに売上げ分を給料から天引きされるんですからね」

　付けで飲んだお客の勘定を引き受けるホステスには、ススキノのほとんどのクラブが指名料は六十日、売上げは九十日のサイトを課している。〈クラブ麗〉では毎月二十日に勘定を締め、客に請求書を送る。その売上げのうちほぼ三分の一はホステスが飲み物やオードブルなどで稼いだ小計と呼ばれる部分だが、小計の二〇%は指名料としてその月、ホステスに支払われる。しかし、来店から六十日たっても客の支払いがなければ、給料天引きのかたちでホステスは指名料を返上しなければならない。そして九十日たってもホステスが客から集金できなければ、引き受けた売上げそのものを月二回の給料日に天引きしてもらって店に納めることになる。〈クラブ麗〉では、ホステスの事情も考えてさらに三十日の猶予を与えていた。

　店では八重と呼ばれているそのホステスは、有限会社青山《あおやま》エステート・コンサルの青山健吉《けんきち》社長を引受けの客にしていた。ソフトスーツを着こなす四十代のダンディで、ルイ・ヴィトンのセカンドバッグに札束を入れていたが、そのうち大きな羊羹ぐらいの携帯電話がちょうど入る黒いミニ・ボストンバッグに札束も一緒に入れてクラブに出勤するようになった。その青山が六月初めに蒸発して、八重はこのままでは九月、十月にかけて合せて八百万円以上を店に支払うことになるのだった。

「皆さん、お早うございます」と借金の重みを感じさせせない明るい声で本人が入って来た。今年二十七歳、四年前に入って今は中堅クラスの売上げをキープしている。胸の前に大きなリボンを結んだ七分袖のブラウスを着て、赤ん坊の保育用具一式でも入っていそうなクリーム色のシャネルのバッグを肩にかけている。しかし、頭の中は悩み事で上の空のようで、腰を下ろしてひと息つくとバッグから紙おむつでなくセーラム・ライトのボックスを取り出し、バブル経済の名残のような深紅のルージュの唇に一本くわえかけた。が、じっと見つめている黒頭に気づき、慌てて煙草をバッグに押し込む。

「お前がいくら引受けがあるのかはっきりしないなんて言うもんで、資料をそろえたぞ」

「ご免なさい、店長。いくらあるか分かってるの。青ちゃんに騙されたと分かってから、七桁の数字が頭から離れないわよ。九月になるのが怖かった」

「あ、ママが来た」と服部が腰を浮かせた。

麗子《れいこ》は社長室の方に向かいながら「いままで社長と一緒だったのよ。社長室が空いているからそっちで話しましょ」と言う。

麗子はふだん木村が座るアームチェアに浅く腰掛けた。臙脂の色がちらちら見える濃紺の大島紬を着て、黒いハンドバッグを膝にのせている。黒頭ら三人は両側のソファに陣取った。

「呼び出して悪いわね、八重さん」と言われて、八重はシャネルのバッグの陰に隠れたいような表情で頭を下げた。

「青山という男、東京にいる小学生の息子のためにヴィトンのレザーでランドセルを作ってやったとかで、写真を見せられたことがある。アホだと思っていたけど、店長、アホはこっちの方だったのね。だいたいのことは聞いてるけど、改めて経過を話してよ」

黒頭は資料の紙を麗子のそばに置いて「青山は三年前からの客です。三人ほどの社員を使って地上げを請け負っていた。いつもお客を連れてきて飲んでくれましたが、去年は特に遊び方も豪華で、女たちをアフターで連れ出しご馳走していた。私が店長になる前ですがね」と前置きして、「だいたいが札束を崩しての現金払いでしたが、この四月、二回ばかり付けにした。そして月末、青山は八十万なにがしの請求書を貰ったから集金に来てくれと八重をホテルの喫茶店に呼び出し、札束をポンと渡してくれた。それから五月に四回、六月に一回と客を連れて派手に遊んで付けていますが、うち五月の一回と六月はいつも青山が連れてくる仲間の所沢《ところざわ》かなんかなのだろうが、トコロちゃんと呼ばれている男の付けたものです。八重は六月初めに青山に集金の連絡を取ろうとしたが、携帯電話も会社の電話も通じない。七日にトコロちゃんが店に来たので訊いてみると、明日会う予定だから話しておくよと言って帰った」

黒頭はここで渋い顔を見せて「これを服部が八重から聞いて私に知らせてくれた。翌日、服部と二人で狸小路《たぬきこうじ》に近い九丁目のビル内の会社を訪ねると、五月末に部屋を解約していました。そこで聞いた青山の住所などは、ススキノに近い小さなホテルの住所と電話番号で、たしかに青山は四年近くそこに契約して住んでいた。帰って八重から青山が接待していたディベロッパー日向《ひゅうが》総合開発の社員の名刺をもらって会ってみました。青山の会社とは、青山が三年ほど前に売り込んできたのを地上げの下請けに使っただけの関係でした。さらに青山の名刺から、宅地建物取引業者の北海道知事の免許番号を当たってみたら、これが全くのでたらめでした」

「おや、まあ……」と麗子が相槌を打つ。

「青山という名前も本名とは思われません。それまでの過程で耳に入った青山の仕事ぶりは、彼の外見のイメージに合わない荒っぽさで、これ系かと思われます」と頬に人差し指を走らせる。

「あら、まあ。それで店長は私に何をしてほしいというの」

「ご足労いただき申し訳ありません。八重には集金できなかったこの引受けを払ってもらうことになります」と頭を垂れている八重を見ながら、

「そこで、ママ。トコロちゃんが飲んだ六月七日の八十数万円ですが、私が八重に月初めの段階で事情を聴いていれば、入店を阻止し、逆に青山の居所を追及できたはずでした。これは私の落度ですので、私の給料から引き去って下さい。それで五月分なんですが、今の八重の給料の七カ月分に相当する。給料を当てにしないほどあったチップも、最近は落ちています。経理の姫野《ひめの》主任からもどうすればいいのと言われました。で、いろいろママのご配慮を願いたいということなのです」

　麗子はペーパーを取って数字に目を落としながら言う。

「そうね。八重さんのいまの保証は四万二千円、月額百五万ですものね。一時は四万八千円の保証だったけど、小計が四十万円ほど落ちたということね。どうする、八重さん？」

「ハイ、店長の言われるように、席に着くなり一万円札を配るようなお客さんはもういません。マンションのローンもあるので、引受け分を全部引き去られたら、生活に困るんです」

「そのマンション買う時、青山の援助で頭金を払ったんじゃなかったかね」と言う麗子に八重は頷く。黒頭は苦笑して、

「それは私も知りませんでした。ママに叱られるのを承知で言いますが、青山は今回踏み倒した

分を除くと三年間に約三千五百万円をうちの店で使っています。うちが一番贔屓の店だったようで、女たちへばらまいたチップも相当なものです。八重の売上げへの貢献をお認め下さい」

「そうね。店長の六月分の責任は当然として、五月分については八重さんのこれからの稼ぎを見ながら考えるから、あまり気を病まないで頑張って頂戴」

八重が帰った後、麗子が「八重さんは悪いヒモがついているわけでもないのに、どうしてお金に不自由してるのかね」と首を傾げ「もう、こんな話はないんでしょうね、店長」と念を押した。

「ススキノでは似たような話があちこちありますが、うちにはもうありません。しかし、ママ。八重のようなケースは極端でも、小計が二割ぐらい落ちている女はごく普通ですよ。在籍二十六人のホステスの平均の落ち込みだとすると、年間の売上げが一億円ぐらいダウンする心配があります」

「分かってるわ、店長。さっきも社長に注意されたところよ。もう不動産や証券のバブル経済の時代は終わった。別の売上げアップの作戦を構築しなさい、とね」

「ええ、でもまず離れていった古くからの〈クラブ麗〉の常連を取りもどしましょう。女たちにもそう取り組んでもらってます。ママの持っているお客さんにもよろしく」

「私も今年ほどたくさんの暑中見舞いを肉筆で書いたことなかったわ」

3

入口そばにある椅子を並べた狭いウエイティングルームを抜けると、すぐ目の前に階段状に客席のテーブルが並ぶホールに出た。緩い傾斜に配置された客席の中央を幅一・五メートルほどの通路を兼ねた花道が通っており、その下にステージがあった。客席はほぼいっぱいに埋まっており、ステージへ向いた客たちの前に、どことなく違った雰囲気の女の子たちが円形座面の低いストゥールに座って相手をしている。完全に女の子になり切っているのから、どう見ても無理なのまでいる。客の収容は八十人余りかと黒頭が眺めていると、店長と名乗る青年が「黒頭様ですね、中西様がお待ちです」と案内に立った。

八日午後十時ごろ、〈クラブ麗〉に大地から電話が入り、〈ピノッキオランド〉に和田組と至誠会が集まって、不穏な空気になっている、というのだ。黒頭はクラブの黒服を着たまま、三〇〇メートルほど離れたこの店まで急いでやってきた。

花道のそばの席に大地が座っていた。「おう、来たか」と隣に座らせて、前のストゥールの背の高そうな女を「おい、ここのママのカオルだ」と紹介した。

「あら、ユウコゥの言ってた通り、いい男」とカオルが首を傾げて黒頭を眺める。ショートカットの髪は一部を紫色に染めている。喉仏も残っていて、胸も薄い。

「おい、カオル。こいつに何かアルコールの入ってない飲み物を持って来てくれ」と大地が注文し「カオルはトモちゃんが静岡から連れて来た仕事の相棒だ。彼より三つほど年下だってよ」

黒頭は改めて客席を眺め回す。年齢もまちまちな男の客、グループで来たらしい中年女性たち、そして最前列にすぐそれと分かるやくざたちが陣取っていた。上手側に至誠会、下手側に和田組が花道を隔てて計二十人ほどいる。その前があまり大きくないステージだが、前面に回り舞台が突出し、その中央に円く切り込みが入ってセリになっているようだ。

「なあ、いるだろ。昨日、一昨日と来ないなと思っていたら、今日は気合が入ってるな」

「なんだ、大地。お前連日ここに通っていたのか」

「クロちゃん、来てくれて有り難う」と友田が後ろから来て黒頭の肩に手を置いた。縁なし眼鏡を光らせながら「お仕事中でしょ。クラブの方は大丈夫なの」と覗き込む。

「ああ、土曜日であまり忙しくないから抜け出せたんだ。何かあればこいつが鳴るさ」と、横腹に付けたポケベルをカマーバンドの上からポンと叩く。友田は前列の組員たちを透かして見るようにして「今夜は彩香を接客に出していないの。どっちの席に先に行ったのと、揉めるのが嫌だからね」と言う。

「来なくとも大人しくしてるな」

「ショーの後まで待つつもりなんでしょ。うまく収まってくれればいいけど」

いつの間にか客についていた女の子たちがいなくなり、ボーイがストゥールをテーブルの下に押し込み、通路にスペースを確保している。ショーが始まるようだ。

「だいたい五十分のショーよ。これだけの出し物でも、女の子たちはひと月半も稽古をしてる。ほかじゃ、これだけのおかまショーなんてほとんどやっていないから、振り付けも衣装も小道具も、何もかも自分たちで工夫してやってるのさ」

マイクを持ったMCがショーの予告をアナウンスし、場内が暗くなってしばらくすると突然音楽が鳴り、ステージに板付きで出ていた踊り手五人にライトが当たってダンスが始まった。十人余りの女の子たちが早変わりで衣装を替えながら、次々にテンポのあるダンスを披露してゆく。鳥の羽根を付けたり縫いぐるみを着たりと、大げさな衣装のままステージを飛び出して、客席の間に飛び込み自由に踊り回ったりする。女の子のダンスというより、女性の衣装を着けた男性のダンスのようにアクロバティックで今にもステージから落っこちそうだ。杏里《あんり》の『キャッツ・アイ』

ではローラースケートと一輪車が交錯し、近藤真彦《こんどうまさひこ》の『ギンギラギンにさりげなく』では、正面を向いて股間のふくらみギリギリ・セーフのバック転を見せた。アバの『ダンシング・クイーン』は一番美人だと思われる子が、男装の五人を従えて踊っている。

「おい、あれがタイで性転換手術した子だぞ」と大地が黒頭の耳元に口を寄せて教えた。黒頭は腕組みして興味なさそうにステージを眺めるだけだが、大地は玉抜きしていない子が、体に密着した衣装をつけるための性器の処理方法などについて解説して「一輪車に乗るのは痛いぞう」と同情している。ステージではあまり色気を感じさせない男女のからみも演じられた。ショーの間中、やくざや前列に近い席の常連らしい客から、贔屓の踊り手の名前が呼ばれている。

「おい、お前は誰かいないのか」と黒頭が冗談でかたわらの大地に声をかけると、じっとステージに目を凝らしていた大地が、きらきら光る衣装が飛び交うステージに似合わない野太い声で「アヤノーッ……」と叫んだ。呼ばれた綾乃らしいのが客席を振り返ってにっこり、あまり女性らしくない声で「アリガトーッ」と返してきた。

ステージは王朝絵巻に変わり、額田王と大海人皇子の物語が踊られていた。ヒロインはもちろんタイ帰りの女の子だ。これまでで一番長い演目が終わると、場内は真っ暗になった。ショータイムはあと十分ほどしかない。ローソク・ショーの開幕のようだ。

アコースティックのギターの前奏が始まった。大地が顔を寄せて「おい、『身も心も』だ。六分ぐらいかかる」と言う。ステージが徐々に明るくなり、黒い薄物のドレスで全身を包んだ彩香が立っていた。すかさずやくざたちが名前を呼ぶ。彩香は表情を動かさずに、緩慢な動きで踊り始めた。そして弾き唄う宇崎竜童《うざきりゅうどう》の声に促されるように、一枚ずつ衣装を脱ぎ捨ててゆく。すべて脱ぐと身に付けたのはホットパンツ型のボトムだけで、腰回りに相撲取りの下がりのような紐がキラキラと光っている。上半身はあまり膨らみの大きくないバストに付けたスパンコールだけの裸だった。

いつの間にかステージの両側に台が置かれ、その上にローソクが点いていた。仏壇などに使う径一センチほどのローソク七、八本を束ねたものが二つずつ計四個、薄暗いステージを照らすように燃えている。彩香はその一つを左手にとって、横向きになって体を仰け反らせた。高く上げたローソクを傾けると、伸ばした右腕の手首に蝋が滴った。宇崎の渋い歌声に合わせるようにローソクを上げ下げしながら、肘から肩の方へと肌に蝋を厚く重ねてゆく。肩から胸にかけて蝋を落とすと正面に向き直った。いきなり右手を挙げて掌で上からローソクを摑むように覆い、火を消した。次は左手だ。今度は反対向きになって右手のローソクの蝋を左腕に丁寧に滴らせた。そして、また正面を向いて左の掌でローソクの火を消す。

間奏の間、彩香は蝋をつけた両腕を見せびらかすようにステージを踊り回っていた。挑むような瞳で客席を睨《ね》め回す。また歌が始まると、彩香は客席の方を向いて膝をついた。体を仰け反らせ、膨らみの薄い胸に万遍なく蝋を垂らしてゆく。それから大きく口を開けた。開けた口に何も入っていないことを示すように、ぐるりと顔を客席に見せた末に女性客の悲鳴の上がる中、ローソクを口の中に突っ込んだ。そして白い煙が立ち上る消えたローソクを掲げてみせた。

最後のローソクが残った。彩香は左手にそれを摑んで、ステージの前から差し出されたブランデーグラスを乾杯するように高く上げて客席を見回した。中身の酒を仰け反った胸に垂らしてゆく。それから左手のローソクで火を点ける。胸に燃え上がる炎を確認するようにひと呼吸おいてから、右手で払い落とすように火を消した。

「ブランデーだけでは火がつきずらいのでウォッカを混ぜるんだ」と大地が種明かしした。この後のショーはローソクの蝋をたっぷり胸に垂らした後、両手に摑んだローソクを逆にして胸に火を押し付け、こすり落とすように火を消してゆくだけだ。ギターに加えてハーモニカの切ない音色が流れる中、照明がフェイドアウトして、初めて穏やかな笑みをみせた彩香の姿も闇にとけ込んで消えた。

ホール内で拍手がなかなか鳴りやまない。その拍手の中で突然ステージがまばゆいライトに照らされ、十人余りの女の子たちがそれぞれ出演した衣装で立っていた。すぐマドンナの『マテリアル・ガール』の曲に合わせて踊り始めた。ステージの袖にマイクを持ったカオルが現れ、女の子を一人ずつ紹介してゆく。客たちの笑いを誘うコメントを加えて特技などを披露するが、年齢はほとんどが二十代後半から三十代、本当に若い子はいない。もとは男の子だから、背の高い子が多い。紹介された子は、それから前列の和田組の列から順々に客席の間を回って、チップを受け取っている。

綾乃は小太りというには少し大きすぎる子で、頬の化粧の下にひげが感じられた。

「綾乃、よかったぞ。頑張れや」とチップをやる大地に、

「おい、大地。小百合《さゆり》さんに似てるんじゃねえか」と黒頭が大地の妻の名をあげると、大地はショックを受けたように黙り込んだ。

彩香は黒いガウンふうのステージ衣装を着けて最後に紹介された。和田組の組員一人一人がたっぷりチップを渡したようだ。彩香はチップを持ちきれず、出し物で使われた麦わら帽子を持って回っている。黒頭も一万円札を張り込んだ。彩香は花道と反対側の列を回り、至誠会の占拠した最前列で帽子に溢れるチップを獲得した。それを見た和田組が彩香をもう一度席に呼んでいる。これが引金になった。

至誠会側から『最初にケチったのを後悔してまた出そうとしてんのか』みたいなヤジが飛んだようだ。これに和田組の組員が応酬して罵り合いになった。彩香は花道を駆け上がって逃げてくる。今や両方のやくざとも席から立ち上がり始めた。

「行くぞ、大地……」と黒頭が声をかけて、彩香と入れ違うように花道を駆け下り、席の端っこから飛び出して来た和田組の一人を突きもどした。「やめろ、やめろっ……」と声を上げる。大地も席からどっと花道に出て来る至誠会の数人を体で受け止め、押しもどしている。「やめろ、静まれ、静まれい」と太い声で大時代な台詞だ。

「なんだ、なんだ。〈ニュータイガー〉の野郎じゃねえか」と和田組が叫べば、至誠会は「なんでスキノ不動産だよ。おかまとなんの関係あるんだ」と言っていた。「やっちまえ」「やれ、やれ」といきり立っている。大地は向かってきたやくざを太い腕で吹っ飛ばした。黒頭に突き飛ばされた組員が、立ち上がってテーブルのコニャック瓶を逆手に摑んで黒頭に振り下ろそうとした。黒頭は一歩踏み込んで左手でその手を押さえると、ボディに一発見舞い、さらに顎を突き上げると左手に瓶が残った。

黒頭の頭に氷のかけらと水が落ちて来た。和田組がアイスペールを投げたのだ。「やりあがったな」という声で、今度は背中に氷と水が降りかかる。テーブルにある恰好の獲物として、アイスペールが頭上を飛び交っている。ストゥールを放り投げたのが投げ切れず、花道にどすんと落ちた。『マテリアル・ガール』の曲は止んで、ホール内は喧嘩の騒ぎだけが支配している。突然、マイクに何か音が入って、ステージに友田が現れた。やくざたちも、一瞬その方に目を遣る。友田はマイクを口元にあてて仁王立ちだ。

「やめろ、ここはオレの店だ……」と友田が叫んだ。あたりが静まり返った。友田がはっきりした声で言いだした。

「至誠会、和田組の皆さん。ここは堅気の人たちが、ショーを楽しむ店です。組員の皆さんの喧嘩の場ではありません。なんの遺恨が、縄張り争いか存じませんが、うちの彩香をダシにうちの店で暴れるのはお断りします。もう二度と、ススキノの二つの組は当〈ピノッキオランド〉に出入りしないで下さい。これからは入店お断りです。それでよろしければ、今夜はこの店をお貸ししますから、ステージに出てどうぞ思う存分やって頂戴。やくざのバカさ加減を市民の皆さんに見せてやって下さい。さあ……」

4

客席に残って座っていた黒頭と大地は、もう一つのショーを見物することになった。店の女の子が二人、喧嘩を始めたのだ。

やくざが罵り合いを始めたあたりから、一般の客は怖がって帰り始め、友田に促されて二つの組のやくざたちが退場すると、後の営業は打ち切って閉店となった。居合わせた客の通報を警戒して、店の表は完全に閉めてしまった。そんな時に喧嘩は始まった。まだ、照明がついているステージの上で、まるでみんなに見てもらいたくてやっているように始まった。露出度の高い出し物のドレスのまま、いきなり取っ組み合いになった。口論の前触れもなくどちらかが手を出したものらしい。低い罵り声が聞こえ、上になったり下になったりと攻守が目まぐるしく変わる。黒頭たちも、優劣がつけがたく勝敗の予想に困るといった表情で見ていた。

髪を引っ張ったり、引っ掻いたりするのは女性めいた喧嘩の作法だが、筋肉がまだ十分についた体で容赦せず戦うから迫力がある。その場に五、六人残っていた女の子たちがそれを眺めていた。テーブルに肘を突いた両手に顎を乗せたり、立って軽く腕組みしていたり、どちらが勝つかという興味だけで見物しているようだ。ボーイたちや照明のスタッフら後片付けに忙しい男の子も時々目をやるだけで、いつもの光景なのだろう。

楽屋に行っていた友田がもどってきた。黒頭のそばに腰を下ろすと、これも黙ってステージを眺め始めた。表情はほかの女の子と同じだ。何か言いたそうな黒頭を見て「おかまは基本的に個人主義者なのよ。止めようとか、どちらかに加勢しようなんて考えないのさ」と言った。ステージにあえぎ声の方が強くなり、唐突に喧嘩が終わった。その結果、どちらが勝ったとか、これで話がついたという気配もなくそれぞれ退場して行った。これもショーのようだった。

「至誠会と和田組の代表一人ずつを楽屋に連れて行ったわ。彩香が手当てしているのを見せてやった。氷で冷やしたり、私が効くと思って仕入れている香港の軟膏をつけたり、ショーを続けてゆくにはこの手当てが肝心なのさ。事前にベビーローションを塗っているから、腕なんかはすぐ蝋が剥がれてほとんど大丈夫なんだけど、胸にはローソクの芯の跡が火傷になってしまう。二人は彩香に『どうも有り難う』と礼を言われて帰ったけど『若い者どもに見せたかった』『そうだ、今の奴らは簡単に金を稼げると思ってるからな』と言い残して行った」

「それはバブル経済の時代しか知らない今のホステスにも言えることだ。彩香はどのくらいチップを稼ぐんだ」と黒頭が訊いた。

「毎日ツー・ステージやれば月に二百万円になるかな。でも、私がやっていた頃は五百万稼いだことがあるよ」

「えっ、トモちゃんもショーをやっていたのか」

「やっていたさ、パンツ一丁で。と言ってもキンキラキンのパンツだったが。十年近く前、私がこのステージで欧陽菲菲《オーヤン・フィーフィー》の『ラヴ・イズ・オーヴァー』で始めたのさ。あの曲がA面にカットし直されて売り出された後のことで、私のローソク・ショーを見たホステスたちがススキノの有線放送にリクエストするようになり、あの曲の人気に火がついた」

「そうか、ちょうどその頃、欧陽菲菲は〈ニュータイガー〉で呼んでいる。ふだんのキャバレーの客とは違うお客さんも来てくれて大盛況だったぞ。ススキノの有線放送はいつも全国のヒットの魁になるからな。その後、全国のヒットチャートの上位を占めるようになり、彼女はまた日本で稼げるようになったんだ」

「でも、ショーを続けてゆくのは大変だった。私の胸にはまだ火傷の痕が消えないよ。それで一度やめたら、やれ、やってくれという要望が強くてまだ始めた。曲を『身も心も』に変えたのはその時からさ。この曲の方が、私は気に入っているよ。そしたら、若いやくざたちが、私の親衛隊と称するものを結成した。もうやめるなんて言い出せない圧力団体みたいなもんよ。それでも社長業も忙しくなって撤退せざるを得なかった。ところが三年前、彩香が私にやらせてくれと言い出したの」

「玉抜きしたいわば女がやるのは大変なんだろ?」と大地が訊いた。

「そうね、玉抜きするとどうしても肌が女性的に弱くなるからね」

「じゃ、転換手術をした子はなお無理だ」

「完全に女になったらもう自分の体を傷つけたりしない。やらないよ。しかしね、これは肌の問題なんかじゃない。若いきれいな子がやったら痛々しいか、品のないSMショーになってしまう。

ローソク・ショーはその子の人生を賭けてやるものよ。それまでの挫折とか差別への怨念とかをふてぶてしく受け止め、開き直ってステージにぶちまけるのさ。そんな貫禄がないとショーはもたない。でも、彩香はいま三十五歳だけど、当時は玉抜きしたばっかりで、そこまでに至る人生を私はよく知っていた。それで、お前ならやれると跡を継がせたのさ」

「確かに今や貫禄あるが」と大地が顔をしかめて「やくざの抗争のタネにされたんじゃ迷惑なこったな」

「そうよ。はじめは和田組の若いものが一人か二人、ファンになって通ってきていた。すぐ至誠会が和田組の動きに目をつけて、自分たちも通い始めた。そうすると、お互いに見栄を張ってチップを競い、彩香に自分たちの席につかせようとする。この時点で彩香にはもう迷惑な話さ。しかし、人数も増え、やることもエスカレートする」

「マル暴は常に抗争のタネがないと組織を維持できないからな」と黒頭。

「やくざだけじゃないよ。このごろは顔を見せないけど、いっときはホステスとソープ嬢の軍団が彩香を張り合ってた。やはり今夜のやくざのようにかぶり付きに陣取るのさ。去年の十二月なんか、私も初めて見たけど百万円の札束が飛んだわ。ソープ嬢が札束を放り投げたら、ホステスが自分たちの方にやって来た彩香にこれまた百万円を進呈した。〈クラブ麗〉の八重ちゃんとか言ってた」

　黒頭は乾いた笑い声をあげて「なるほど、完全なバブル経済の名残だな」

　後片付けを終えたスタッフや女の子が、次々に「お疲れ様です、ユウコゥ。お先します」と挨拶して帰ってゆく。

「しかし、トモちゃん。マイクを手にステージに現れた時はカッコよかったよ」

「うん、そうだ。イカしてたな」と大地。

「けど、ここはオレの店だなんて叫んでたぞ、なあ、大地」

「あら、オレなんて言うわけがないっしょ。ない、ない」と友田は全面否定した。

「この間はおかまはやくざと同じで半端ものだと言っていたけど、やくざよりは一般の人に近いと思ってるの。だから、なんとか世間に普通に認められて出て行きたいのさ。それで、例えばこの店だけど税金はきちんと納めているし、従業員の雇用や労務管理、営業時間とかも違反しないように気をつけてる。そんなことでそれぞれの役所にも、おかまはちゃんとやってる、まともな人間だと思われたいのよ」

「うん、その気持ちは分かるぞ、トモちゃん」と黒頭が頷いた。

5

十日月曜、〈クラブ麗〉はまずまずの入りを見せていた。バブル時代の主役だった地上げの不動産業者や、建設、証券関係の客が消えて、このクラブの以前からの固定客が顔を見せるようになってきた。しかし、もうドンペリはほとんど出ることがない。

黒頭が八重を捉まえて言った。

「おい、土曜の晩に〈ピノッキオランド〉の彩香に一万円のチップをやってきたぞ。お前の百分の一で恥ずかしかったがな」

八重はショックを受けた表情で、

「えっ、店長は組合員だったの。道理で結婚しないと思った」

「おい、おい、よせ」と予期せぬ方に飛び火したのに苦い顔で「俺はお仲間じゃない。あそこの社長と友達なだけだ」

「やっぱ、あっちの人ということでしょ」とあっさり切り捨てられた。

午後九時ごろ、ボーイが「レジに白瀬《しらせ》さんと言う女性の方から電話ですよ」と知らせてきた。黒頭は電話を取ると通話口を手で囲うようにして「はい、黒頭です。しばらく……」と弾んだ声を出す。

「モシモシ、黒頭さん？　ご無沙汰してました。いつの間にかクラブの方に移ったのね」と白瀬貴子《たかこ》が喉に何か引っかかっているような独特の声で答えた。貴子はミシガン・アセット・マネジメントというヘッジファンドのファンド・マネージャーとして、前年の二月に札幌に来ていた。

「ええ、今年の一月からです。いまどこからおかけです？」

「ファンドのディーリングルームよ。ふとどうしていらっしゃるかとかけてみたの」

「はあ、こんな時間にまで残業とは、ディーリングの調子がよくないんでしょ」

「鋭いわね。そう、いまファンドの一本が手仕舞いに入っているんだけど、お客さんに胸を張ったリターンをクリアーできるかどうかの瀬戸際。そうそう、去年、年金基金がファンドで運用できるようになれば、と営業に行ったけど、今年から解禁よ」

「それはよかった。年金基金というのは大きいですからね」

「でも、例によって規制だらけよ。基金に入ってくる掛け金のごく一部を投資に向けられるだけ、しかも日本の株式を中心にしろ、とかで。まだファンドの出る幕ではないわ。ところで、北海道に関係する情報があるの。それを口実にあなたの声を聞きたかった」

「え、どんなことです」

「ドルチェ・リースのことだけど。各銀行がドルチェへの融資の回収に本格的に動き出したようだわ。もちろん道拓《どうたく》が中心だけど……」

ドルチェ・リースは道拓と呼ばれる北海道開拓銀行の事実上の系列ノンバンクといわれている。経営不振で破綻寸前だったリース会社の再建のため道拓が社長を送り込んだのがきっかけで、道拓の不動産融資の道具に利用されてきた。中でも、大阪を本拠に串揚げチェーン〈七福亭《しちふく》〉を展開する浅原公平《あさはらこうへい》のフェア・ファイナンス&コンサルタンツ、略称FFCというノンバンクには、道拓本体に代わって気前よく資金を注入している。そして浅原は、ドルチェが土地の値上がりを見越して担保価値以上の融資をするのをいいことに、余った資金を政治家からホステスまで相手かまわずばらまいている。黒頭も浅原の部下だった貴子に頼まれて、昭和六十一年の衆参同日選挙の直前、ホテルのスイートルームにやってくる道内の政治資金団体の代表者らに札束を配るのを手伝ったことがあった。

「金融機関が何行か、示し合せてドルチェへの不動産がらみの融資に絞って回収しようと決めた。その中に日債銀と長銀が含まれているのが注目よ」

「にっさいぎん?」と黒頭が訊くと、

「日本債券信用銀行と日本長期信用銀行のこと」

「ああ、割引債なんかを扱っている……」

「そう、日債銀はもともと債券発行銀行だから、そのノウハウを生かしてディーリング業務に乗り出した。それでうちのファンドと接点があって今回の情報が入って来たわけよ。この二つの銀行で共通しているのは、この二、三年の間に経営トップの方針で、不動産関連業界と系列も含めたノンバンクへの融資にのめり込んできたことよ。ノンバンクと言ってもほとんどが不動産がらみ。三月に大蔵省から出された不動産融資の総量規制を受けて、何もやらないわけにはいかない。ということで、回収を申し合わせたみたい」

「実際どのくらい回収できるか、ということですか」

「そう、ドルチェは長期、短期合わせて三千億円を超える借入れがあるそうよ」

「利払いが大変ですね」

「ええ、それには貸した先からの利払いがないと、回っていかない。ドルチェの最大の融資先、浅原のFFCは、いまやドルチェへの支払いが完全にストップしている。FFCにはドルチェから二千億近い金が流れているというけど、ここから利払いがないとドルチェは経営破綻しかねないわ。ドルチェは道拓から導入した資金だけじゃなく、日債銀、長銀から調達した資金まで浅原に注ぎ込んでしまってる」

「道拓と三つどもえになってドルチェからの回収劇を演じるわけだ」

「でもね、日債銀、長銀にとってドルチェへの融資額なんて本州での不良債権に比べるとゴミみたいなものよ」と言い、座り直すか電話を持ち直したように真剣な口調で、

「これからの日本はこの不良債権をどう処理するかで将来が決まると思うの。土地とか資産の価値が大きく膨らんで、それをもとに過大に融資したから、資産価格が下がってくゆく今となっては返済不能になってしまう。浅原のように返すつもりのない人は別だけど」

「彼がお宅のファンドに預けた二億円はどうしましたか」

「とうに引き揚げちゃったわ」

「こちらではうちのビルで警察OBの秘書にやらせていた直営クラブは閉めてしまいましたし、〈くいだおれ小路〉も社長が替わりました」

「そうでしょうね。それで不良債権をきちんと毎期引き当て処理すべきなんだけど、それをしないでダミー会社に負債を飛ばしてごまかそうと考えてるらしいわ」

「でも、日債銀も長銀も引き当てようにも余力などないでしょ」

「そうした銀行には税金を注入してでもやるべきよ」

「そんな。国民が納得しませんよ。あいつらが悪いのに」と黒頭が力んだ。

「それをやらないで先延ばししたら、傷口は広がる。相場を張っている私に言わせると、大事なのは損切りのタイミングと決断よ。今回は国がでっかい相場にのめり込んだようなものだもの。誤ると日本は十年は立ち直れないと思う」

「確かにバブル経済が終わったのは、クラブにいても実感できますね。ただ札幌の地価はまだそんなに下がっていないと友達の不動産屋が言ってます」

「東京はもう下がり始めた。いずれ今の四分の一になる。株価も日経平均は去年の暮れがピークで、あとひと月もすれば半値になるわ。道拓の株価もこの一月を境に下落する一方でしょ。地価だけでなくマンション価格や求人倍率といろんな指数はまだ上向きのままでいる。特に地方ではね。でも、いずれ東京に倣《なら》うわ。そのタイムラグも私たちファンドの狙い目なのよ。それにしても道拓だけはこの時期になってもあちこちにリゾートだ、ホテルだと金余り時代のプロジェクトを仕込んで融資してるのが理解できない。本州ではどこでもやめてるのに」

「融資の相手はみんな道拓の偉い人のお友達ですからね」

溜息をつく相手に「ところで、黴菌《ばいきん》研究の旦那さんはお元気ですか」

「ああ、主人とは去年の夏、離婚したわ」

「……どうして、また」

「いろんな点でお互い食い違いがあってね。それは日本に帰ってから気がついたけど、惰性で双方知らんふりしてきたから。私には家庭を守ってくれるヒモみたいな男がいいのかも。ススキノにはいるんじゃないの」

「はい、見つかったら連絡しまーす」

笑い合って電話を切った。

6

十二日午前十一時ごろ、黒頭は〈モローチャ〉のカウンターでモーニングセットの朝食をすませ、マスターの桂木慎吾《かつらぎしんご》と話し込んでいた。この朝は早起きして豊平川河川敷の緑地公園で気持ちのよいロードワークをこなしてきたところだ。秋の気配のする空気を存分に吸い込んで、札幌ジムの若い練習生たちにまだまだ負けないぞと気をよくしていた。〈モローチャ〉に来てみると、大地から電話があったようだ。中西不動産に電話すると、大地はお客に会いに外出していた。

朝刊を読んで、黒頭には気になる記事があった。前日の午後、ススキノの南8条にある喫茶店で拳銃の発砲騒ぎがあり、足にけがをした男が病院に収容された。札幌中《さっぽろなか》警察署によると、喫茶店では暴力団ふうの男たちが話していたようで、怪我した男も身元を隠したままだという。至誠会と和田組の喧嘩の後だけに、なんとなく気にしながらマスターと話していた。

「……バブルといわれる状況は五年前のプラザ合意がきっかけだが、円高不況を乗り切り米国が要求する内需を拡大するため、日銀はじゃぶじゃぶ市場に金をあふれさせた。その結果、土地だ株だと高騰した。一方、大蔵省は何もしなかった」とマスターは苦い顔をする。

「どうしてですかね。協調してやることがあるでしょうに」

「大蔵省の役人は税収が上がればそれでいいのだ。財政再建のためには財政出動なんかしない。しかし、土地の値上がりで庶民はだれもマイホームなど持てなくなったという不満が出て、やっと総量規制で不動産バブルの鎮静を図った。前年の日銀の公定歩合引き上げと併せてこれで一気に不景気になったということだ。クロちゃんが聞いたそのファンドの女性の言うように、これから不良債権をどう処理してゆくかで、日本がソフトランディングに成功できるかが決まる。しかし、あいつらはなんでも先延ばしにするし、結果の責任も取らない。駄目だろうな」

　午前十一時過ぎ、腰に付けたポケベルが鳴り、ディスプレイに木村商事の代表電話が表示されていた。黒頭が電話を掛けると、庶務担当の女性社員が大地からの『〈誠《まこと》〉にいるので電話をくれ』という伝言を伝えてくれた。黒頭は〈誠〉に電話して大地を呼び出した。

「おお、やっと捉まったか。今朝から捜していた。お前、今朝の新聞の発砲騒ぎ読んだか」

「ああ、あれはひょっとして和田組なんかの」

「そうだ、その通りだ。ところがその現場をトモちゃんが見ているんだ。いま一緒にここに昼飯食いに来た。お前も来てくれ」

　黒須は「今度は寿司食わなきゃならなくなった」とカウンターを離れ、ママの万里子《まりこ》に「あら、いいわね」と送り出された。タクシーを拾って、南7条の鴨々川《かもかも》のそばにある〈すし　誠〉にやってきた。

　ちょうど三年前、猫通りの地上げ放火で焼け出された〈誠〉の石川《いしかわ》誠は、一年足らずで大地が世話してくれたこの場所に移って店を再開した。間口二間の古い木造の建物で、入口を入ると目の前に十人余りが座れるカウンターが鉤の手に回る狭い店だ。隣にはしもた屋ふうの二階建があり、黒頭の記憶では芸者置屋だった。今でも当時のおかみがひっそりと独りで暮らしているらしい。すぐ後ろを幅六、七メートルの鴨々川が流れるススキノの外れの一角だ。

店に入ると、大地と友田が並んでおり、ほかに客はいない。黒頭は友田のそばに腰を下ろした。石川とおかみに挨拶し、ビールを飲みながら寿司をつまんでいる二人を横目に「たいして食わないから適当に握って」と注文する。

「クロ、お前、時間はあるのか」

「三時から会社の会議があるだけで、それまでは暇だ。ところで現場にいたんだって、トモちゃん。どうしたんだ」

「大地にも詳しく話していないから、話すわ。昨日の昼過ぎ、土曜日に楽屋に案内してやった和田組の男が電話してきて、いま至誠会の連中と手打ちをやってるんで来てくれ、と言うのさ。そんなのに行く必要があるもんかと断ったよ。そしたら、手打ちといっても怪我人が出たわけじゃない、お前の店にこれからも入れてもらうルールの摺合せで〈木陰《こかげ》〉に来てるんだと言う……」

〈木陰〉は〈誠〉に近い鴨々川上流のそばにある喫茶店だ。ポプラの木三本の陰にあり、いまにも潰れそうな古い店だと黒頭は覚えていた。

「あそこにはうちの女の子がよく行くのよ。目立たないからね。その関係で奴らも顔を出すようになった。行ってみると、店の奥に陣取った双方三人ずつが何やら友好的ではない雰囲気だ。たった一人レジにいるママもブルった顔つきで見守っている。そしたらいきなりの銃声よ」

「どっちが撃ったんだ」と黒頭。

「どっちだか分かりゃしない。脅かしでピストルを出したら、暴発したんでしょ。お粗末な話。

私はそのまま店を飛び出し逃げて来た。すると夕方には刑事が来た」と友田は肩をすくめた。

「ママにとっては、ずっと迷惑だった。おかまが来る、やくざが来る。そんな店にほかの客が入るわけがない。いい機会だと思って、札中《さっちゅう》署に私の名前を知らせたのさ。私は六人とも名前は知っているわよ。でも、それを警察に言えない。至誠会、和田組は分かるけど誰かは分からないと突っ張ったわ。しかし、警察には協力しなければならない、おかまだからのジレンマもあるのさ。そこで、連中の顔写真をずらり見せて頂戴、そこで私の表情で判断してよと言っておいた」

コハダ、ヒラメ、サバとつまんで、黒頭は親仁に「もういいよ」と言っている。

「大地、クロちゃんには本当に感謝しているよ。土曜日の晩、あのまま警察に踏み込まれたら大変だったわ」と友田が言った。

7

大地、友田と会った日の夕方、〈クラブ麗〉に出ていた黒頭に大地から電話が入った。

「おい、発砲騒ぎ解決だ。ススキノ交番に至誠会の若いもんがピストル持参で出頭してきた。本署じゃなく、ふだんお世話になっているススキノ交番の顔を立てているわけよ」

「若いもんだって？　〈木陰〉にいたメンバーと違うんじゃねえか。硝煙反応さえうまくごまかせば、誰が出頭しても同じだ」

「たぶんな。けど、札中署にとってピストルが一丁手に入ったのは有り難い話よ。今月の銃器押収のノルマ達成の足しになるだろうからな」

「いずれにしろ、トモちゃんはほっとしているだろ」

その夜の〈クラブ麗〉は九時近くになって予約のボックスも埋まり、ふだん以上の賑わいになった。アケミの客の病院関係者が八人入ったのだ。関西に本部を持ち全国に病院を展開している医療法人の札幌病院の院長が、本部から来た東北・北海道担当の理事を接待する席だった。アケミの引受けとなっている院長、事務長と各科の部長医師らで、市内の山麓にある広い庭が自慢の料亭まで、アケミが木村商事のベントレーで迎えに行ってきたところだ。

ワインが好きな理事で、バー・チーフが仕入れて失敗したと思っていた高級ワインを次々に空けてくれた。腕によりをかけてオードブルを用意していたチーフも上機嫌だ。アケミがトイレに立った理事についてきた。髪をアップにあげて、ススキにトンボをあしらった紬の訪問着姿だ。

「この後は決まったのか」と黒頭が声をかけた。

「院長が〈ブラックマスク〉を予約しているのよ。ママにも付き合って欲しいって」

「そうか。そんなら言っておくが、ママは口開けから早いピッチでやっている。もうあんまり飲ませるな」

「店にもどった時からそれは分かったわ。ママに飲ませまいと私が引き受けているつもりなんだけど、それに対抗するみたいに飲もうとするから困っちゃう。今夜はどうしたんでしょ」

「私が言わなきゃ駄目かな」

しばらくして麗子が黒頭の立っているソーダファウンテンの横にやってくる。まだ足元はしっかりして見えた。さらりとした感触の茶の無地の結城紬に秋草模様の綴れ織の帯を締めている。

「店長、どうしたの。何か話があるって？」

「大したことじゃありません。この後、〈ブラックマスク〉に流れるそうですが、ママにもお付き合い願いたいようです」

「そうでしょうね」

「それで、飲むペースを少し考えてほしいなと思いまして」

麗子はちょっと肩をすくめただけでもどって行った。その後、ホステスたちと一緒になって陽気に騒ぐ麗子の声が続いたので、飲むペースは変わらなかったようだ。

午後十一時、一行は腰を上げた。木村ビルからススキノ十字街を渡って会員制サパークラブ〈ブラックマスク〉のあるビルまで二〇〇メートル余り。ゲストの理事はススキノの街を歩いてみたいと言う。大阪はまだ真夏日の毎日だが、ここは夏服ではうすら寒く感じる夜だった。

「店長、ママを後で寄こしてくれよ」と院長が言う。

「はい、看板になったら私が送り届けます」

還暦を迎えたばかりという理事が、アケミの手をしっかり握って院長とエレベーターに乗り込むのを黒頭が頭を下げて見送った。ほかの医師たちは階段で地上に上がって行った。

景気よく騒いでいた八人のお客が去って、店内はさすがに静かになり、十一時半には定時の営業終了でラストソングの『メリー・ジェーン』が流れた。最後のお客を送り出すと、麗子は入口そばのボックスに腰を下ろした。そのまま立てずに「店長、私を〈ブラックマスク〉まで歩かせるつもりじゃないでしょうね」と黒頭を見上げる。

「ご心配なく、ママ。御伴《おとも》を用意しますから」と言って、やはり〈ブラックマスク〉に来るように呼ばれているホステス二人に「君たちは先に行っててくれ。私はママを送ってゆく」と指示した。そばに次席の服部《はっとり》がやって来た。麗子のバッグを持っている。それを取って麗子に渡すと「俺は着替えてくる。店の始末を頼んだぞ」と服部に小声で言った。黒頭はレジの電話を取ると、木村商事のベントレーの運転手に電話をつないでもらう。

「おい、最後の仕事だ。ママを〈ブラックマスク〉まで送って欲しい。ビルの前に車をつけておいてくれ」と頼むと、ロッカーからグレーの私服のスーツを出し着替えた。ボウタイの代わりに紺の麻のタイを締めてもどると、まだ座り込んでいる麗子に手を差し出して腕につかまらせる。

木村ビルの前にかろうじて確保した隙間にベントレーが挟まっており、そばに真紅の上着、緑色のズボン、金モール付きのキャップという運転手が直立不動で立っていた。クラブなどの営業が終わって、ビルから吐き出された酔客が広い歩道にあふれる時間帯だ。みんな通りすがりに運転手の目立つ制服姿に好奇の目を向け、中にはだれが出て来るのかと立ち止まって待っているものもいる。ビルを出た麗子は黒頭の腕を放して急にしっかりとした足取りで車まで歩き、運転手の開けたドアから乗り込んだ。

助手席に座った黒頭が「お疲れさん。手間とらせて悪いな」と運転手をねぎらった。

「いえ、なんの。だいぶ飲まれてるんですね」と囁くのに、

「外ではそう見せないところが年の功でな」と小声で返す。麗子は降りる時も、顔を上げて辺りに目配りするような余裕を見せてビルに入った。しかし、エレベーターが最上階の六階に止まった瞬間、よろめいて黒頭に抱えられた。サパークラブの店内は、一段と低くなった中央フロアのサロンのゆったりしたテーブルがほとんどふさがっている。麗子は軽く手を振りながら、テーブル二つを占領している病院長一行に合流した。

黒頭はステージのグランドピアノで軽いジャズを演奏しているのに目を遣りながら、ボーイに案内されて窓際の食事用のテーブルの方にじゅうたんを踏んで行った。天井から床まで一枚ガラスの窓にススキノの灯が映っている。テーブルの一つに木村商事の山内高広《やまうちたかひろ》総務部長が一人で

座っており、黒頭に手を上げて「一人ならここへ座れよ」と声をかけてきた。黒頭は水割りのグラスを前にした山内と向かい合った。

「私は食事をいま済ませたところだ。君は勝手にやってくれ」と言われて、黒頭はついて来たボーイにいつものようにステーキとペリエを注文した。山内は中央フロアに顎を振って、

「世の中、これからどうなるか分からんのに病院だけは安泰のようだな。といっても、安泰なのは医療費の予算ということか。医者も薬屋もそれを山分けしているわけだから」

「それは永久に変わらないでしょう。実は法人本部から担当理事が視察に来たので接待しているんです。明日は系列の老人保健施設や福祉関係との会議とかで、懇親会の二次会は〈ニュータイガー〉に設営してもらいました。アケミが話をつけてくれて」

「あの子はただ美人なだけじゃないようだね」

「そう、いい客を摑んでいるし、店でいま一番頼りになる子です。石渡さんが見つけてくれた女ですよ」

「石渡といえば〈キングダム〉系列のクラブ〈阿房宮《あぼうきゅう》〉も順調のようだな」

「残念ながら、うちより今は勢いがあります。やり手のママをスカウトしましたからね。さすが石渡さんです」

「麗子ママの時代は過ぎたか」と独り言のように言い、感慨にふけっているようだ。黒頭は表情だけはステージのジャズに耳を傾けているように見える。やがて山内が、

「君、今日の幹部会議、どう受け止めたかね。あまり発言しなかったようだが」

「上半期は減収減益の決算見込みだということですが、減収はみんな分かっていました。が、利益があれほど厳しい数字になるとは。私には初めての経験です。パークビューでやった取締役会

はどうだったんです」

「ホテルでの取締役会は誰も何も言わんよ。しかし、その後の昼食会で、我が古巣の道都《どうと》信金さんが去年の花柳《はなやぎ》ビルの買収についてちらりと苦言を申し上げていた。買収前に社長が相談した時、乗り気でないというより半ば反対だったからね」

「必要以上に道拓に絡め取られるのではと警戒したんでしょうが、実際そうなりましたからね」

「花柳ビルは社長が反対論を排して買収したわけだが、その後のビル経営は私の責任だ」

「私も立ち上げに働いた責任があります。かけたお金に見合うテナント収入が確保できない。あの金利でやって行けるはずでしたのに。カイハツの古平鉄平《ふるひらてっぺい》会長は、新しいビルは十年償還としても六年間は赤字を覚悟せよと言ってたそうですが、それに耐える体力が必要でした」と言いながら、黒頭は運ばれてきたステーキにナイフを入れる。肉を口に入れる前に言った。

「バブル経済が崩れて家賃の値下げの圧力も覚悟しなければなりません。このままでは花柳ビルはずっと足を引っ張り続けるでしょう。値上がりするから、三年後には転売をお世話しますなんて言う道拓を私は信じていませんでしたが」

「地価についてバブルという言葉を使っている人がいると、もう一年以上も前に君に教わったが、すべてにバブルだったんだろう。昼飯の後、常勤だけが残って話したが、社長も言葉少なだった。ところが、残っていた監査役が悪い冗談みたいに、今は日本は取得原価主義の財務指針でやってるが、将来はグローバル・スタンダードに合わせようと時価会計主義に変わるだろう、などと言い出した。簿価七億円の花柳ビルが二億円の時価になったら、債務超過もあり得るなんて。縁起でもない」

黒頭はは白瀬から聞いた道拓とドルチェ・リースの情報を山内に知らせた。窓の外に目をやると、ススキノ十字街は小さな店の看板などは次々に消えてゆき、街全体に闇の色が濃くなってくる。黒々と動いているのは、なんとか帰りのタクシーをつかまえようとしている酔客たちだ。黒頭はペリエのグラスを取り上げながら、

「東京では、北海道がまだバブル気分でいるのが不思議だ、と見ているようです」

「道拓がカイハツに持ちかけている道南マリーンランド構想なんかのことだろう。総事業費四百億円なんて、今の経済環境で果たしてやれるものか。古平会長はすべて二代目の若さの勢いに託して来期にも引退の意向らしい。名物の挨拶が聞けなくなるな」

「どんな挨拶なんです？」

「冒頭に『私、フルヒラです、フルビラではございません。お間違えなきよう』というんだ」

「有名人ですから、間違えないでしょう」

「かつては司会者が道内の古平町《ふるびらちょう》の町名と読みをよく混同した。それ以来の定番ジョークさ」

「カイハツは道拓の抜け駆けの融資で新井孝行《あらいたかゆき》の買い占めた株を取りもどしたけど、果たしてそれは必要だったのかですね。中西不動産の親仁は、すべて銀行の言うことの反対をやれば間違いないという信念ですから、あれはやるべきじゃなかったと言ってました。ススキノでも銀行におだてられてチェーン化した店は必ず経営破綻しますからね……」

「カイハツの経営がおかしくなっても、ビルやホテルが残る。道拓は困らない」

中央フロアで、麗子の甲高い笑い声が聞こえた。テーブルの客がみなそちらの方に目をやっている。

「だいぶ飲んでいるのか？」と山内。

「ええ。でも大丈夫です、私が送りますから。全くこんな状況の時に」

「いや、ママにはだいぶ応えているんだ。前から分かっていたが、今日一日で先行きの不安がはっきりした。木村商事の経営破綻もあり得るとな」

午前一時を過ぎた。山内は先に帰って、黒頭一人が窓際の椅子で外を飽きずに眺めていた。やがて病院長の一行が立ち上がり始めた。ぞろぞろとまとまって出て行ったが、麗子一人だけが店にもどってきた。じゅうたんを踏んでホール内を回って黒頭の席の方にやってくる。その足取りを黒頭はじっと見ていた。

黒頭が立ち上がりかけると麗子は「いいよ、座ってて。少し休んでから出るわ」と止め、黒頭に向かい合わずに隣に腰掛けた。テーブルにバッグを置き黒頭と同じように、十字街から南へとだんだん灯が薄く闇の色の濃くなってゆく街を眺め下ろしている。

ボーイが中央フロアにあった麗子のボトルをトレイに載せて上がって来た。麗子は手を振って、「もう飲まないから下げて。それより俺のハイボールを作って来て。八タンにたっぷりとね」

「私にもくれ」と黒頭が倣うと、麗子は「私にはビタースを多めに」と注文した。

それっきり二人はまた斜め外の夜の街頭に目をやる。氷にビタースを振り入れ、プレーンソーダで満たした黒頭のススキノ公認の飲み物が運ばれた。二人は八オンス・タンブラーを取り上げる。顔を見合わせてしまい、しようがないといった表情でグラスを鳴らし無言の乾杯をした。

「むかむかする時はお前のこの飲み物が一番だわ」

「要するに飲み過ぎなんです」

「むかむかするのはお酒のせいだけじゃない。それにそんなに飲んでないよ」

「腹が立つことが多いということですか」

店内はまだお客がだいぶ残っていた。中央フロアのサロンでは安楽椅子に飲み疲れのポーズをとった客たちが、会話も少なく顔を見合わせている。去年あたりまでなら、今の時間から男も女もわくわくする遊びのプランに目を輝かせ、笑い声が弾んでいたはずだ。

黒頭は本物のハイボールを味わうように飲んでいる麗子に目を向けた。が、首に見えたしわから目を反らした。麗子は来月には満四十九歳の誕生日を迎えるのだ。広い窓の外に目を移すと、やはり窓へ向いた麗子の白い顔が並んで映った。ホール内の照明が外の闇を埋めるように反射して、華やかな映像のような窓が広がっている。

「お前はここから見るススキノが好きなようだね、店長」

「ええ、でもママもずっと以前、ここでススキノの長い夜を実感している今の時間が好きだと言ってませんでしたか」

「そんなこと覚えていないけど、たしかにその通りだわ。そして今はっきりしているのは、たとえどんな時代になろうと石にかじりついても、私はこのススキノでやって行こうと決心していること。お前はどうなのさ」

黒頭は微かに肩をすくめるようにして言う。

「私はススキノに生まれ育って、それ以外の世界は知りませんから」

あとがき

一九八〇年代の札幌の歓楽街、薄野《すすきの》を描いた『夜明け遠き街よ』(二〇一二年)『夜より黒きもの』(二〇一五年)をすでに東京創元社から世に問わせていただいたが、この度は縁あって地元札幌の出版社からその続編を上梓した。全三巻のうちの下巻、いわば完結編が作品の舞台となった札幌で日の目を見ることに、何か因縁めいたものを感じているところである。

私がバブルの時代の薄野を取り上げた動機や狙いは、前二巻のあとがきで説明したように忘れられようとしている庶民の記憶にこそ、正史に無視されている歴史の真実があると考えたからである。前二巻と同様、人物は分解され、事件はデフォルメされてあるが、挿入されたエピソードやディテールは確認された事実である。ここに描かれたクラブなどは庶民と縁のない世界だが、私のなじんだ居酒屋、スナックもやはりバブルを感じさせる時代であった。

しかし、執筆の間、当然のことながらバブルの発生と崩壊、その後の〈失われた二十年〉についてあれこれ思いをめぐらさざるを得なかった。

誰もが知るように、バブルの始まりは一九八五年のプラザ合意である。経済史上は翌年後半から九一年春までの五年足らずをいうそうだが、その崩壊は弾けたという俗な表現とは裏腹に諸指標のピークと下降の時期はでこぼこで、地方によって東京からタイムラグがあり、過渡期的現象のように何年かかかって進行した。北海道ではずっと遅く、九七年の北海道拓殖銀行の経営破綻が誰もが実感できる決定的な崩壊で、九〇年の薄野は悪い予感を抱えながらもまだ繁栄を謳歌していた。

それなのにバブルの爪痕は深く、その治療には一〇年、二〇年を要した。その後の米国を襲ったインターネット・バブル、さらにサブプライムローンで知られた住宅・不動産バブルではソフトランディングして回復が早かったのにである。それは登場人物の女性に私が言わせたように、相場の失敗を少しでも軽くする損切りの決断ができなかったからである。

不良債権処理のためには銀行への公的資金導入が必要なのに、大蔵省は実行手続きの面倒さと先に住専（住宅金融専門会社）の破綻がらみで公的資金を使った時の世論の反発を考えて先送りし、代わりに官民挙げて粉飾決算に狂奔した。銀行が不良債権をペーパー会社に付け替えて隠すこの〈飛ばし〉の陰で不良債権は膨らむにいいだけ膨らみ、日本経済を壊滅させたのだった。この先送りを主導したのは誰と誰なのか、追及され責任を取らされた話を聞かない。

大企業の不祥事が露見してテレビカメラの前で頭を下げているおなじみの光景のトップたちは、責任など感じていない。悪いのはずっと以前に退職金をもらって引退した先輩であり、自分が先送りできずにつかまった不運を嘆いているだけである。

そう、この先送りと無責任こそが日本に定着した独特の文化なのだ、というのが私の結論みたいなものになった。最近の原発事故や災害などへの対応をみても、この結論を裏付けているように思えてならない。

上、中二巻で私は、それを読まずに亡くなられた薄野関係者を取り上げたが、ここでは無名の女性の訃報を記録しておきたい。

『夜より黒きもの』に登場したスナックのママである。お金を貯めては夫をフランス遊学に送り出していたが、病を得たため「やっと専業主婦がやれる」と嬉しそうに宣言して引退した。しかし、間もなく夫に家を追い出され、さらに知らぬ間に離婚されていた。夫が一人で書いた離婚届を不審に思った区役所職員からコピーを見せられ、初めて知ったのだった。私とはその後年賀状だけのお付き合いだったが、数年前に改めて話を聴こうと再会した。そして年二、三度、私は思い出したように彼女のアパートを訪ね、車椅子を押して近くのレストランに出かけ昼食を共にしていた。昨年五月、送った本がもどってきたのでアパートへ行ってみたら、四月に亡くなっておられた。享年七十九歳。誰にも看取られずに部屋で死んでいるのを家主が発見したのだった。

薄野の業界でかつてお付き合いのあった、あるいは紹介されて取材させてもらった古株の何人もがこの五年間に亡くなられているが、そうした人たちを含めた業界全体の後押しで全三巻を書き上げることができたことに感謝している。さらに一貫して編集に協力していただいた仙台の(有)荒蝦夷、今回装幀にお骨折りいただいた鈴木一誌氏・桜井雄一郎氏、装幀に使わせていただいた写真を撮影された佐藤準氏・栗田雅彦氏にもお礼を申し上げたい。

二〇一六年五月

高城 高

高城 高《こうじょう・こう》

一九三五年、北海道函館市生まれ。
東北大学文学部在学中の一九五五年、
日本ハードボイルドの嚆矢とされる
『宝石』懸賞入選作「X橋付近」でデビュー。
大学卒業後は北海道新聞社に勤めながら
執筆を続けたが、やがて沈黙。
二〇〇六年『X橋付近　高城高ハードボイルド傑作選』で
復活を遂げ、
〇八年〈高城高全集〉を刊行。
そのほかの作品に
時代警察小説〈函館水上警察〉シリーズや、
本書に連なる『夜明け遠き街よ』
『夜より黒きもの』（いずれも東京創元社）といった
〈孤高の黒服・黒頭悠介〉シリーズがある。

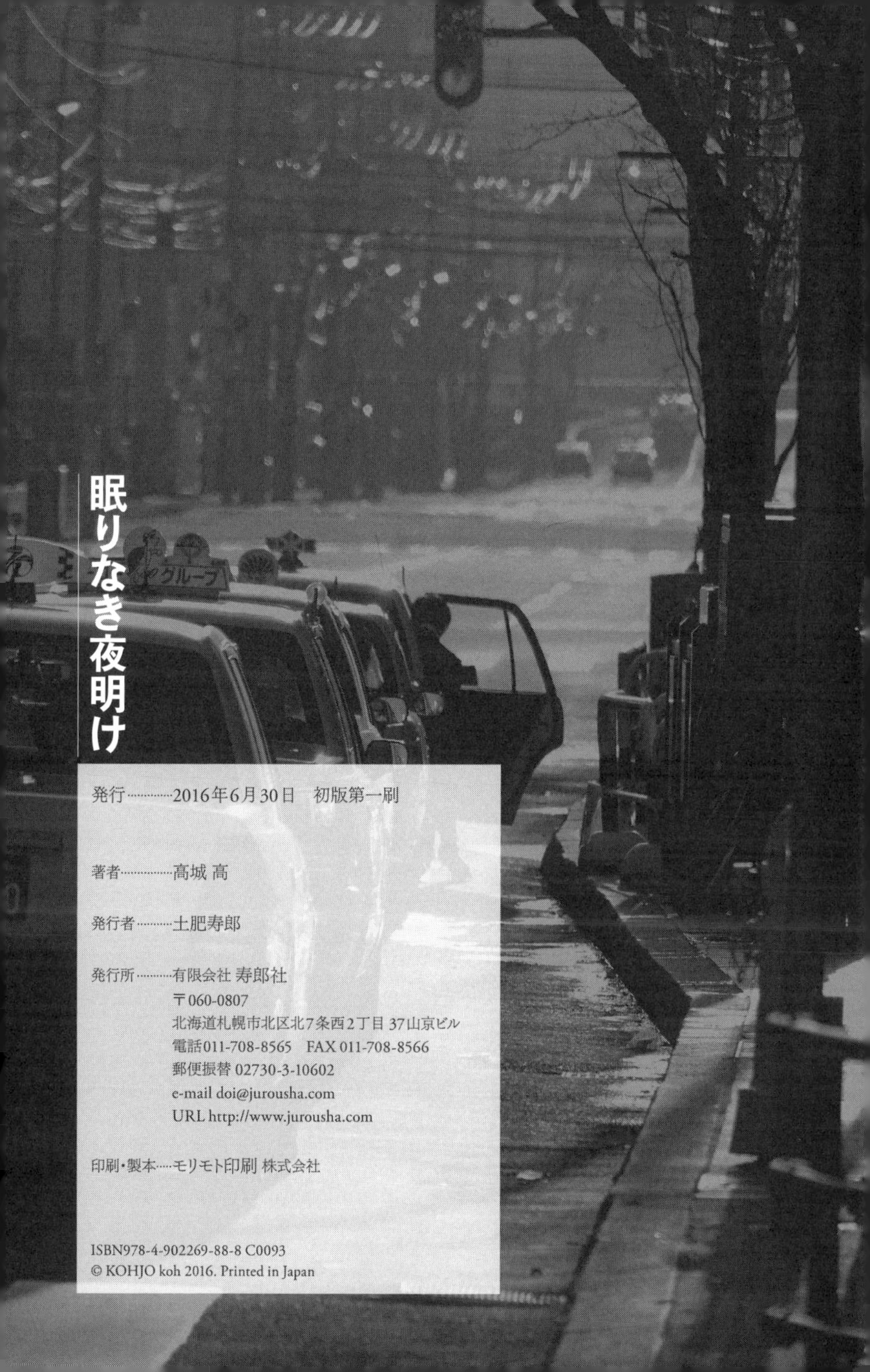

眠りなき夜明け

発行…………2016年6月30日　初版第一刷

著者……………高城 高

発行者…………土肥寿郎

発行所…………有限会社 寿郎社
〒060-0807
北海道札幌市北区北7条西2丁目 37山京ビル
電話011-708-8565　FAX 011-708-8566
郵便振替 02730-3-10602
e-mail doi@jurousha.com
URL http://www.jurousha.com

印刷・製本……モリモト印刷 株式会社

ISBN978-4-902269-88-8 C0093

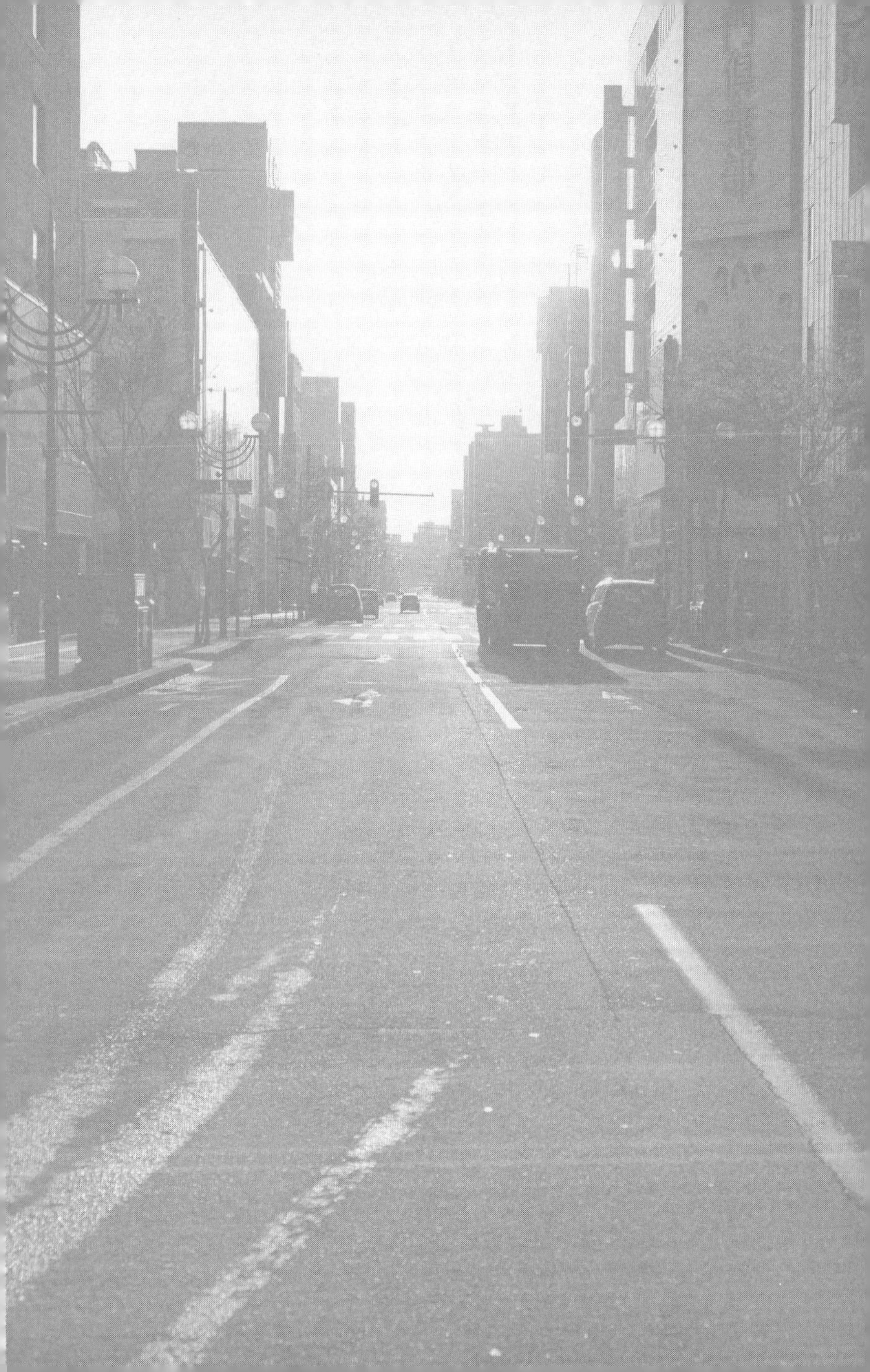